成缘集

言意象观照中的原创中国汉语诗歌

韩陈其 著

作家出版社
全国百佳出版社

图书在版编目（CIP）数据

成缘集 / 韩陈其著 . -- 北京：作家出版社，2025. 1.
-- ISBN 978-7-5212-3143-4

Ⅰ. I227

中国国家版本馆CIP数据核字第2024N1M304号

成缘集

作　　者：韩陈其
责任编辑：丁文梅　朱莲莲
封面设计：贾　莹
出版发行：作家出版社有限公司
社　　址：北京农展馆南里10号　　**邮　　编：**100125
电话传真：86-10-65067186（发行中心）
86-10-65004079（总编室）
E-mail:zuojia@zuojia.net.cn
http://www.zuojiachubanshe.com
印　　刷：河北星强印刷有限公司
成品尺寸：155×220
字　　数：152千
印　　张：15
版　　次：2025年1月第1版
印　　次：2025年1月第1次印刷
ISBN　978-7-5212-3143-4
定　　价：88.00元

诗人俪语

兢兢学者　萌萌诗人
少狂迷汉语　古稀歌韩诗
半世探究言意象　一心回归江湖海
春思一生　秋望八垓
洋洋羡余逸度　靡靡宽骚情怀

目录

序曲　风月烟霞几度春

情者，欲也，态也，无所不及，无远不届！人有人情，喜怒哀惧爱恶欲；天有天情，日月星辰云雷电；地有地情，江河湖海风水潮；事有事情，柴米油盐酱醋茶；物有物情，豺狼虎豹马牛羊。情情各各相异而又各各相通。

闪闪星海情：
深空天鹏兮扶摇直上九万里，
星海神舟之乘风破浪三千年！
星星点点，
点点星星，
无涯无量星海情！

瑶瑶日月情：
金乌洒金兮金辉永昼崦嵫山，
玉兔散银之银灯夜映天华宫。
日日月月，
月月日日，
无昼无夜日月情！

漫漫天壤情：

昊天漭漭兮云霞霓虹大世界，
厚壤灏灏之梅松竹桂小庭园。
风风雨雨，
雨雨风风，
无高无远天地情！

妙妙山海情：
远山逶迤兮赤橙黄绿青蓝紫，
沧海翻涌之波涛浪澜风雷电。
山山海海，
海海山山，
无声无息山海情。

静静丘壑情：
丘壑弥望兮功名利禄若云烟，
江渚散心之渔樵菱葭更风流。
丘丘壑壑，
壑壑丘丘，
无喧无哗丘壑情。

菁菁草木情：
草木柔柔兮春醒冬眠好精神，
金石刚刚之秋冷夏硬真脾气。
草草了了，
了了草草，
无张无扬草木情。

微微蝼蚁情：

蝼蚁小小兮知天知地知微命，
犬马忽忽之奔利奔名奔鸿运。
忙忙碌碌，
碌碌忙忙，
无小无微蝼蚁情。

萌萌苍生情：
苍生淡淡兮生老病死赋寻常，
骨肉依依之聚散离愁仰浮云。
独独孤孤，
孤孤独独，
无挂无碍苍生情。

清清风月情：
风月朦朦兮一颦一笑丝丝念，
烟霞飘飘之一顾一望缕缕连。
丝丝缕缕，
缕缕丝丝，
无相无作风月情。

脉脉琴瑟情：
琴瑟和鸣兮笙歌夜醉燕莺乐，
芙蓉并蒂之红颜花貌鱼水欢。
生生死死，
死死生生，
无时无刻琴瑟情。

绵绵子孙情：

恩及子孙兮柴米油盐酱醋茶，
泽被后世之琴棋书画诗酒花。
绵绵延延，
延延绵绵，
无穷无尽子孙情。

雄雄玉关情：
游子桓桓兮雄心报国游四海，
征人赳赳之壮志尽忠耀九州。
桓桓赳赳，
赳赳桓桓，
无怨无恨玉关情。

滚滚红尘情：
白屋寒门兮金榜花烛长欢夜，
绿野仙踪之风云烟霞几度春？
缠缠牵牵，
牵牵缠缠，
无舍无弃红尘情。

连连传灯情：
依门传灯兮追情逐情万里情，
隔世怀古之越情超情千秋情。
冷冷暖暖，
深深浅浅，
无远无近传灯情。

卷一　几多美幻兮几许想象

窈窕想象

窈窕如花，
几多美艳兮几许想象，
抖落满身之璀璨春光；

窈窕如水，
几许美顺兮几多想象，
抖动满潮之汹涌春江；

窈窕如云，
几多美浮兮几许想象，
抖飘满天之丝缕春香；

窈窕如酒，
几许美醇兮几多想象，
抖发满眼之蒙眬春靓；

窈窕如梦，
几多美幻兮几许想象，
抖笑满帆之迷惘春怅。

瞥

印度大诗人泰戈尔有情诗《一瞥》，是被美人一瞥，而吾《瞥》则是瞥尽天下之美人矣。

一瞥婷婷兮楚楚动人，天生尤物之风华绝代。
二瞥娟娟兮朱唇皓齿，玉容月貌之杏脸桃腮。
三瞥姣姣兮樱桃口吻，肤如凝脂兮玉骨神魂。
四瞥妙妙兮秋波顾盼，娇艳妩媚之沉鱼落雁。
五瞥媄媄兮国色天妍，倾城倾国之秀色可餐。
六瞥好好兮风姿绰约，洛神山鬼之惊鸿几瞥？

心上人

人海茫茫兮情海滔滔，
浪去浪来兮浪来浪去，
心上人啊，
你是最美的那朵浪花。

花海泱泱兮情海迷迷，

香去香来兮香来香去，
心上人啊，
你是最美的那朵香花。

星海灿灿兮情海渺渺，
云去云来兮云来云去，
心上人啊，
你是最美的那朵云花。

心海灏灏兮情海飘飘，
爱去爱来兮爱来爱去，
心上人啊，
你是最美的那朵心花。

心上人啊，
心上人啊，
你是静夜迷人心魂的月亮花，
更是人世永不凋谢的太阳花！

情路

梦路深深，
心路弯弯，
云路渺渺，
情路漫漫：

情路如雨兮情路如水，
淅淅沥沥兮丝丝蒙蒙，
郁郁苍苍之潮湿春心。

情路如花兮情路如云，
娇娇艳艳兮飘飘忽忽，
曲曲弯弯之滚烫夏心。

情路如山兮情路如烟，
磅磅礴礴兮丝丝袅袅，
缭缭绕绕之温润秋心。

情路如雾兮情路如雪，
渺渺茫茫兮晶晶莹莹，
静静悄悄之寒美冬心。

七夕惊天情

苏南儿歌别具一格：牛皮不是吹的，泰山是堆的，火车是推的。长大以后发现，古人更有气魄：太阳鸟，月亮蟾，银河鹊桥随便玩。

驱日进山兮牵月出海，日月天行之执驾谁请？
晨乌灿灿兮晚蟾晶晶，银河迢迢之云心蓬蓬。
流年空空兮匆匆霓霞，韶华澹澹之闲闲风萍。
天街一瞬兮凡世沧桑，红尘万情之嫣黄飘零。

牛郎翩翩兮织女窈窈，七夕翘翘之聚合明明。
银河无心兮千千情结，鹊桥有意之七七渡盟。
竞骑日月兮放飞烟霞，几多烟霞之几多深情。
惊天相思兮潇洒赠怀，玲珑璀璨之满天辰星。

南无歌

任教佛学院三年，青灯黄卷阅红尘，晨钟暮鼓听滴漏。感佩于佛教的无量慈悲喜舍，感化于梵呗禅唱的默变潜移，遂以宽骚体献唱焉。

绵绵岁月兮晨钟暮鼓，南无天尊之阿弥陀佛！
滚滚红尘兮青灯黄卷，南无地尊之阿弥陀佛！
清清心香兮慈悲喜舍，南无无量之阿弥陀佛！
微微星光兮佛手莲花，南无法灯之阿弥陀佛！
悠悠梵呗兮禅慧菩提，南无心灵兮阿弥陀佛！

牛年牵牛歌

《说文》曰：“牛为大物。天地之数，起于牵牛。”华夏始祖炎帝神农氏，在五六千年前，以“牛”为图腾，拉开了华夏牛文化的大幕。遂以牵牛歌牛矣！

牵牛悠悠兮大天龙牛，牛劲牛气之牛城牛乡。
牵牛昂昂兮大田神牛，牛话牛语之牛场牛塘。

牵牛缓缓兮大野奔牛，牛耳牛头之牛人牛王。
牵牛嘻嘻兮大荒劲牛，牛情牛义之牛刀牛郎。
牵牛歌牛兮看谁真牛，牛道牛游之青牛黄牛！

【注释】战国时李耳，号老子，始为周守藏史，后因周衰，乃骑青牛西出函谷关，留下所著《道德经》五千余言，骑青牛涉流沙而去。青牛，成了一个与《道德经》和老子息息相关的文化符号。我，骑过黄牛，骑过水牛，然而，没有骑过青牛，所以，我渴望能够有一天，骑着青牛，遨游华夏，遨游世界。

星海竞渡

新闻：6月14日，@天问一号祝融火星车发来祝福：我在火星放“粽”，祝大家端午安康，“粽”是顺心和如意！

年年端午兮端午年年，辛丑端午之远怀空前。
星辰浩瀚兮无任天踪，大华祝融之火星放粽。
寂寂寥寥兮火心火意，安安康康之粽心粽意。
火地悠悠兮全新天下，漭漭星海之竞渡为家？

牛首春浓

金陵牛首，亦名天阙，佛教名山，为牛头禅宗之开教发祥地。牛首山春光迷人，故有“春牛首”之称。

登我天阙兮望乎牛首，峰岚翠微之朦胧春光！
登我天阙兮望乎牛首，佛顶圣宫之禅境佛光！
登我天阙兮望乎牛首，娑罗穹顶之日月仰光！
登我天阙兮望乎牛首，释迦牟尼之涅槃禅光！
登我天阙兮望乎牛首，六波罗蜜之舍利重光！
登我天阙兮望乎牛首，洗心洗魂之万象风光！
登我天阙兮望乎牛首，弘觉寺塔之梵刹荣光！
登我天阙兮望乎牛首，宝船风帆之丝绸耀光！
登我天阙兮望乎牛首，岑碧花秾之隐龙湖光！
登我天阙兮望乎牛首，倾城倾国之烟岚霞光！
登我天阙兮望乎牛首，乾龙坤牛之华夏开光！

【注释】佛顶舍利藏宫位于地下44米处，庄重、神秘，其长廊长66米，根据六波罗蜜的供养内涵布局。六波罗蜜是菩萨的六种行为，分别为布施、持戒、忍辱、精进、禅定、智慧。

爱的礼物

珠穆朗玛兮上苍爱眷，耸天入云之地球桂冠。
昭昭日月兮赫赫爱情，珠峰南麓之泰姬白陵。
三千宠爱兮波斯女郎，香消玉殒之痛令心狂。
一滴泪珠兮滔滔情海，九年凝眸之滚滚思哀。
姣姣胴体兮神鬼泣惊，倩倩少女之泰姬倒影。
恒河沙数兮缘幻缘梦，今生今世兮倾国倾城。
韶华红尘兮来世再逢，星辰爱海之白陵黑陵！

【注释】印度泰姬陵是世界文化遗产，是一座用白色大理石构筑和成千上万的异国宝石镶嵌的巨大陵墓清真寺，是一座伟大的爱情纪念碑。沙贾汗王创造了莫卧儿王朝的黄金时代。其宠妃泰姬39岁时生下第14个孩子后香消玉殒，令沙贾汗一夜白头。为纪念爱妃，彰显爱情，沙贾汗于1631年至1653年倾全国之力建成泰姬白陵，甚至还想在河对岸建一座对称的黑陵。然而，不久沙贾汗王政权被儿子推翻，他晚年每天在被囚禁的小楼远望泰姬陵度日，伤心忧郁九年而死，死后，与宠妃一起被葬在泰姬陵。印度诗人泰戈尔说，泰姬陵是沙贾汗王“永恒面颊上的一滴泪珠”。

云舟

天水一色兮绿洲茵茵，楼宇万彩之碧水粼粼。
连岗耸翠兮鸟语嘤嘤，边野漫云之和风轻轻。
梅兰竹菊兮琴笛幽幽，风花雪月之雎鸠溜溜。
天地玄黄兮长河汤汤，星辰灿烂之飞龙亢亢。
朵朵飞云兮飞飞荡荡，飞飞荡荡之云路云乡。
条条游舟兮游游漂漂，游游漂漂之舟晚舟晓！
高天罡风兮云海破浪，雄雄汽笛之催欢远航！

夜宿秦淮

秦淮人家兮乌衣古巷，天下文枢之状元庙堂。
璀璨灯海兮光影幻煌，桨声夜歌之心潮漫涨。
烟云往事兮王谢燕翔，摩肩接踵之红裙香郎。

叮叮咚咚兮打铁铸钢，红门昭昭之开奔天航！

牛歌

《诗经·鄘风·柏舟》："泛彼柏舟，在彼河侧。髧彼两髦，实维我特"。特者，健壮公牛，理想配偶之谓也。《易经》有坤牛之说。遂为之宽骚牛歌。

日月光华兮河纵汉横，坤牛特特之特特牛尊。
日月光华兮星移斗转，坤牛昂昂之昂昂牛尊。
日月光华兮天荒地老，坤牛笃笃之笃笃牛尊。
日月光华兮云水星霜，坤牛健健之健健牛尊。
燕鸿南北兮乌兔东西，朝朝暮暮之坤牛天尊！

天情诗花

韩陈其《韩陈其诗歌集》与董国军《岘堂诗稿》在江苏大学会议中心举办新书研讨会，诸多师友、同窗、同好者聚欢研讨，真真不亦乐乎！人生聚欢，无在乎锦绣，无在乎金爵，无在乎门第，而在于深广阔远，在于清淡冲和，在于天荒地老的相望相知之同"情"。

耄耋同情兮云海蒙蒙，飘飘逸逸之诗花萌萌。
古稀同情兮山海漭漭，洋洋洒洒之诗花泱泱。
花甲同情兮佛海依依，轻轻松松之诗花萋萋。

知命同情兮人海茫茫，敦敦实实之诗花怅怅。
不惑同情兮宦海迷迷，缥缥缈缈之诗花离离。
而立同情兮书海悠悠，深深浅浅之诗花溜溜。
弱冠同情兮梦海幻幻，高高远远之诗花圜圜。
红颜同情兮心海粼粼，丝丝缕缕之诗花馨馨。
同门同窗兮同好同情，心心念念之唯爱唯情！

东乡感怀

镇江新区“追梦之路 全面小康”演讲大赛总决赛暨2021“书香宜地 阅读悦美”全民阅读活动启动式于2021年1月22日在镇江东乡华山村举办。我被邀请参加并聘为“书香宜地 阅读悦美”镇江新区全民阅读活动“阅读推广人”。

泰伯仲雍兮荆开吴魂，宜侯夨簋之大港烟墩。
吴头楚尾兮文明蛮荒，望海临江之朱方东乡。
槐荫华山兮梁祝大源，神女仙冢之断山魂烟。
生生死死兮华山畿歌，坦坦荡荡之谁捆山河？
避乱江东兮桃花源梦，救党救国之大爱催萌。
太平叫叫兮可喜可飙，沙画美美之惟妙惟肖。
追梦之路兮全面小康，圌阳五峰之积厚流光！

听歌

听歌，有时听的是歌词，有时听的是歌曲，有时听的是歌外。宽骚感怀记之。

飘飘忽忽兮泣泣诉诉，夜风轻轻之幽幽清歌。
朦朦胧胧兮丝丝缕缕，月影弥弥之袅袅云歌。
隐隐约约兮活活灵灵，蝶舞翩翩之离离莺歌。
柔柔美美兮绵绵邈邈，心莲田田之妙妙心歌。

礼敬喀喇昆仑

观看卫国戍边英雄团长祁发宝的视频，礼敬英雄，感慨歌之。

莽莽昆仑兮大壮中华，荒阔雄傲之生命守护。
滚滚泥石兮沟沟壑壑，峥嵘嶙峋之天堑畏途。
漫漫冰河兮坑坑洼洼，奔波逶迤之迷云险雾。
皑皑雪封兮捡粪烧火，餐风饮露之野菜果肚。
泣泣鬼神兮惊世群英，赤手空拳之长棍劲斧。
赳赳一人兮吞吐山河，披靡望风之万夫蜷伏。
凛凛武威兮横刀立马，张臂怒目之气壮猛虎。
染染风华兮家国天下，喀喇昆仑之热血疆土！

镰锤歌

1975年，在大学的舞台上，曾经激情朗诵过自己的诗歌习作《镰锤歌》，近乎半个世纪的洗礼，再度改写为宽骚体《镰锤歌》，以示初心纯真矣！

镰锤交锋兮雷霆闪电，风潮醒醒之动地惊天。
南湖曙光兮天安朝霞，风雨潇潇之狂飙巨澜。
星火井冈兮如火如荼，风烟滚滚之世纪新元。

镰锤交感兮巨浪狂涛，风华骄骄之换地改天。
围追堵截兮皮带野餐，风浪汹汹之万里等闲。
青松明灯兮巍巍宝塔，风霜凛凛之红都延安。

镰锤交通兮火炬灯塔，风骨傲傲之斗地战天。
长缨缚龙兮山呼海啸，风雷轰轰之破晓灿烂。
遵义红楼兮长安金水，风流傥傥之今朝峰巅。

镰锤交响兮星辰大海，风道昂昂之苍龙航天。
文化文明兮复兴和谐，风雅翩翩之万方网连。
一带一路兮梦华盛世，风花灿灿之大道坤乾。

情醒爱觉

卿卿我我兮我我卿卿，心心念念之念念心心。
绵绵缠缠兮缠缠绵绵，连连丝丝之丝丝连连。
沥沥淅淅兮淅淅沥沥，滴滴漏漏之漏漏滴滴。
舞舞欢欢之欢欢舞舞，暮暮朝朝之朝朝暮暮。
温温馨馨兮馨馨温温，吻吻亲亲之亲亲吻吻。

【注释】回文诗，是汉语诗歌特殊的品种：一种是顺读和回读都可各自成句，但是各句不同，可以称之为异形异义回文，这是最为常见的回文，其实有点名不副实。二是顺读和回读都可自成完全相同的句子，可以称之为同形同义回文，这是最为难得的真正的回文。宽骚体，最适合创作真正意义的回文诗歌。

天命贺宴

湖山真意流云海，晚梅早樱挹秀芳。
鼋头知命芳径意，春色渲秀涟漪郎。
少年懵懂闯世界，红衣白马待轩昂。
半生扶摇上海滩，几杯浊酒酹月江。
酸甜苦辣可品味，风霜雨雪笑寻常。
谁说人生恍如梦，朝朝夕夕龙引吭！

游园遐情

五一游园，大园名园，人山人海，人满为患。而在咫尺可触的中关村公园看看喜鹊、放放风筝，听听松涛、想想青春，不亦乐乎？

小园野园，
春风得意，
吹着吹着，
野花就吹满了草甸；

小园野园，

喜鹊撒欢，
跑着跑着，
风筝就跑上了蓝天；

小园野园，
白杨挺耸，
望着望着，
夕阳就望到了云边；

小园野园，
青春逛梦，
逛着逛着，
意马就逛出了万水千山。

一枝春

江南江南何所有，千寻万寻一枝春。
相思东风天涯远，谁可聊赠一枝春？

小野花

苍老岁月是一棵棵耸天大白杨，风华青春是一朵朵蹲趴小野花。

春雨贵如油，零星稀疏绿；
一夜春风醒，野花几簇簇。

仰云望白杨，高攀不可触。
蹲趴小野花，竟有香馥馥。
区区大世界，野花可染目！

【注释】区区，可言“小”，也可言“真”，此处取“真”义，兼及其“小”——大世界，其实也很小。

寻风追云

腾云而来，
来也匆匆；

驾风而去，
去也匆匆。

一片云来了，
一阵风走了。

银铃的笑声，
醉人的芳香，
似乎在引领我，
寻回那阵风，
追回那片云！

田埂小路

夕阳西下，
细细长长的田埂小路，
曾经留下了细细长长的身影。

皓月东升，
曲曲弯弯的田埂小路，
曾经留下了曲曲弯弯的脚印。

斗转星移，
细细长长走了一天又一天，
曲曲弯弯转了一年又一年。

擦肩而过的田埂小路，
越走越宽，
越走越长！

等你回来

等你回来，
等你的云：
路漫漫，思漫漫，
天南地北，

望断南飞雁!

等你回来,
等你的甜:
水漫漫,思漫漫,
天涯海角,
望尽天边帆!

等你回来,
等你的香:
时漫漫,思漫漫,
天荒地老,
望干相思川!

等你回来,
等你的吻:
情漫漫,思漫漫,
天高地远,
望越天河山!

遥遥天边人

天人相思何时了,
离离原上草兮遥遥天边人?

一寸相思兮一空无情风,

谁惹春风，
吹醒人间丝丝絮絮不了情，
相思何时了？

一寸相思兮一天无情云，
谁愿云飞，
飞散人间飘飘忽忽不了情，
相思何时了？

一寸相思兮一川无情水，
谁恨水流，
流走人间牵牵盼盼不了情，
相思何时了？

离离原上草兮遥遥天边人，
天人相思何时了？

青春微问

青春芳华，梦想绚丽：心、情、泪、怨，风、雨、雷、电，可否悄悄轻轻低声颤语微问：白云苍狗，野马尘埃，大块何往？

红颜青春，
任自花谢草长，
天涯何处不芳菲？
何必微问，

问君能有几多相思心!

红妆翠袖，
任自风流云散，
白云深处有谁家?
何必微问，
问君能有几多相思情!

红药绿杨，
任自媚深柔浅，
行云望断谁梦乡?
何必微问，
问君能有几多相思泪!

红日白月，
任自寒峻暑酷，
人生最应识何人?
何必微问，
问君能有几多相思怨!

念牵

念牵是一朵花，念牵是一缕风，念牵是一抹霞，念牵是一片雪，念牵无所不在，无时不在。

兮与啊，都是一种表示强烈感叹的虚词，两者有明显的时代差异，试试混用，未知可否?

念牵的花啊飘啊飘：
念牵飘飘兮飘飘欲仙，
无影无踪，
飘进春红，
飘醒迎春的第一朵花。

念牵的风啊吹啊吹：
念牵霏霏兮霏霏欲烟，
无声无形，
霏漾夏绿，
霏漫迎夏的第一缕风。

念牵的霞啊红啊红：
念牵靡靡兮靡靡欲星，
无序无次，
靡美秋橙，
靡斑迎秋的第一抹霞。

念牵的雪啊飞啊飞：
念牵曼曼兮曼曼欲飞，
无奈无何，
曼秀冬晶，
曼引迎冬的第一片雪。

芳意旖旎

网讯：有男人相亲300多次，相亲相得看到女人都麻木了。有女人相亲相了1313次，直到第1314次相亲，才换回今生的一生一世。

华年匆匆兮窈窕何在?
嘻嘻嗤嗤之东张西望。
芳意旖旎兮一帘西风，
柔情流波之一枕黄粱。
看花眼，看走神，
几百次看来看去误梦笑鸳鸯?

芳华闪闪兮俊郎何在?
羞羞媚媚之左顾右盼。
雄心勃发兮一天云乱，
豪情叮当之一江潮泛。
瞅个人，瞅个魂，
千百次瞅来瞅去婆娑醒春晚?

卷二　千丝缱绻兮万缕缠绵

张望

人生三重天，
行行重行行：

蹒又跚，
蹒蹒又跚跚，
咯咯咯哭哭笑笑，
一条短忆的鱼，
在人海的浅滩游荡！

昂又阔，
昂昂又阔阔，
嘻嘻嘻微微笑笑，
一只绵顺的羊，
在人山的绿坡惆怅！

活又抖，
活活又抖抖，
哈哈哈痴痴笑笑，
一个感怀的鸟，
在生命的星站张望！

我的谁

女窈窕，
一声声莺燕春娇，
染绿青青河畔草；

女恬静，
一片片清影月华，
洗白丝丝芦荻花；

女妖娆，
一团团青春焰火，
染红甜甜开心果；

女妩媚，
一湾湾清浅碧水，
漂美那是我的谁？

仙风神魂

青青陵上柏，
可怜天下人；

几个云雀叫不醒，
沉睡的远客；

几行云泪滴不尽，
相思的长河。

翱翔的翅膀，
追不上悠悠白云；

澎湃的心帆，
正驰骋仙风神魂。

川流苍翠

今日良宴会，
一场一场累：

百态千般，
品不透万象滋味！

缘来缘去，
一路花醒花醉；

云卷云舒，
几番心喜心碎。

岁月峥嵘，
走不完千山万水；

铁镣枷锁，
锁不住川流苍翠！

逍遥歌云岫

孔雀东南飞，西北有高楼。
浮云九重意，天雨四海流。
慷慨百日红，荣贱一时羞。
谁愿驾长风，逍遥歌云岫。

春梦窈娘

人间美意远，
涉江采芙蓉：

一柄柄荷伞，
摇摇曳曳，
摇出来几许霞光；

一弯弯轻舟，
飘飘荡荡，
飘过来几多霓裳？

一朵朵芙蓉，
婷婷美美，
正恰似春梦窈娘。

凭谁觅红娘

野草茫茫，
窃窃自喜；
萤火闪闪，
悄悄流浪；
明月皎夜光。

热蝉鸣树，
嫩叶垂羞；
琴蛙鼓塘，
绿波含欢；
卿卿我我唱。

月仙嫦娥，
星海彷徨；
广袖独舞，
寒宫凄凉；
凭谁觅红娘？

放飞逍遥

冉冉孤生竹，
柔柔云追霞；

迷离菟萝，
袅袅娜娜，
丝丝连连，
连累一树翠微，
放飘千丝万缕缠绵；

朦胧云水，
飘飘浮浮，
追追逐逐，
追皱一江春水，
放旷千情万爱洒脱；

淋漓芳菲，
清清馨馨，
美美俏俏，

含蓄八方风华，
放飞万紫千红逍遥。

【注释】迷离菟萝：“与君为新婚，菟丝附女萝。”菟丝附女萝，有人以为是缠绵之象，有人以为是离散之象，故为“迷离”。

在水一方

庭中有奇树，
夜色窥酒吧；

擦肩一过什刹海，
艳风香霾；
回眸一笑三里屯，
烟媚夺魂；
天涯芳草，
萍水相逢，
几盅红酒几梦遥？

盈盈漫漫丽人行，
鸳鸯月影；
绵绵邈邈引云歌，
天水银河；
翩翩寻芳，
佯欢装狂，
可怜心在水一方。

相思滴滴泪

迢迢牵牛星，
遥遥飞相思：

相思纷纷云，
可知云何来，
可思哪片云？

相思绵绵雨，
可知雨淋花，
可知花淋雨？

相思悠悠水，
可知水流江，
可知江流水？

相思盈盈泪，
许是雨中云，
化作江中泪！

谁品相思味？
相思点点雨，
相思滴滴泪！

驾心问仙

回车驾言迈，
驾心问灵，
峰回路转，
心花春花兮开开落落，
野草秋风之绿绿黄黄。

回车驾言迈，
驾心问神，
长道短亭，
金石艳阳兮闪闪烁烁，
荣名雄心之恓恓惶惶。

回车驾言迈，
驾心问仙，
今生来世，
风花雪月兮绰绰约约，
天地过客之匆匆茫茫。

有女如云

东城高且长，
芳菲奇又邈；

西宫深而幽，
北苑窈又窕；
柔情媚语兮倾国倾城，
回眸一笑之百媚千娇。

出其东门兮一无所见，
有女如云之翩翩惊鸿；
出其西门兮一无所望，
有女如云之婉婉游龙；
出其南门兮一无所观，
有女如云之楚楚芙蓉；
出其北门兮一无所看，
有女如云之灿灿霓虹。

有女如云兮秀色无餐，
漫漫点点之梦美星空。
有女如云兮秀色无恋，
点点漫漫之爱藏心中。

大块炽炽

驱车上东门，
弥弥望望，
一片片青松白杨。

茕茕邈邈，

袅袅玄玄；
星空天堂，
冷月碧田。

几许青春年华，
红坟红颜睡黄泉；
几多功名璀璨，
白坟白首追神仙。

人生如戏，
窈窈笙歌，
幽幽香酒，
争春斗秋，
争一个喋喋不休！

人生如梦，
匆匆惑惑，
恍恍怅怅，
流金铄石，
怎能抗大块炽炽！

空空如也

去者日以疏，
空空如也：

花开花空，

空美一帘幽梦，
空羞万里云霞，
空空如花。

云飞云空，
空吻一江春水，
空显万种风韵，
空空如云。

情去情空，
情动万海波澜，
情去一无踪影，
空空如情。

花开花空，
云飞云空，
情去情空，
最难想人走人空。

空空如也，
去者日以疏。

追远任情

生年不满百，
应该如何活？

月朦朦，
夜茫茫，
追日问天秉烛游；

雨蒙蒙，
风萧萧，
追怀更新销肠酒；

草青青，
花红红，
追蝶随心杨槐柳；

鸟飞飞，
云飘飘，
追远任情云水鸥；

天悠悠，
地悠悠，
朝朝夕夕人悠悠！

生年不满百，
天天忘情活！

寒动天怀

凛凛岁云暮，
寒来谁动怀？

一声声鸿雁悲鸣，
黯淡南浦，
朦胧星月，
凛凛寒云叹寒裳。

一阵阵寒叶飘零，
萧瑟西风，
凄凉高冈，
迷迷芳菲觅天方。

一片片乱云飞荡，
寂寞嫦娥，
彷徨洛浦，
空空洞房愁新娘。

一叶叶天际云帆，
岁暮慨慷，
江河浩荡，
苍苍黄昏染夕阳。

寒来天动怀，
凛凛岁云暮！

相思美瞳

孟冬寒气至，
何物惹相思？

望星生意，
笑傲苍穹，
漫撒众星，
点缀茫茫相思梦空；

赏月生情，
笑傲广寒，
戏逐蟾兔，
点亮漫漫相思天灯。

仰云生恨，
笑傲长空，
梦断鸿雁，
点放绵绵相思霓虹。

俯水生思，
笑傲江湖，
波动涟漪，

点染区区相思美瞳。

远客有爱

客从远方来，
远客何所爱？

暮色茫茫
云山重重，
一片相思云，
捎情千山万水。

溪流淙淙，
云路漫漫，
一颗相思豆，
催情千花万蕾。

鱼雁杳杳，
云川匆匆，
一江相思水，
引情千神万鬼。

情海浩浩，
云鸟翩翩，
一啼相思鸟，
任情千翠万蕊。

远客有所爱，
客从远方来。

伊人乘月

明月何皎皎，
伊人乘月归？

孤月洗空，
流星闪夜，
缭绕霓裳云，
缠绵迷茫归途。

云淡歌欢，
水清意远，
徘徊星星月，
彷徨情人桥堍。

天井映月，
菱镜顾影，
寂寞梧桐雨，
窈窕春女心鹿。

长风云海，
大江天潮，

朦胧天边帆，
旋归相思鸥鹭。

伊人乘月归，
明月何皎皎！

恨早

白日依山尽，君生我未生；
黄河入海流，我生君已老；
欲穷千里目，君恨我生迟；
更上一层楼，我恨君生早！

【注释】两首古诗，各有其迥别的诗境、诗象，将其顺序组合而建构新的诗境、诗象，这是一种诗歌创作的新尝试。

采薇新歌

《诗经·采薇》句与嵇康《赠兄秀才入军诗》句，参差交互，别有一种清新自然之象。

昔我往矣，杨柳依依；
思我良朋，如渴如饥。
今我来思，雨雪霏霏；
驾言出游，日夕忘归。

朝游高原，夕宿兰渚；
采薇采薇，鸳鸯于飞。

窈窕烟霞

窈窕淑女，君子好逑；
身为渔夫，志不在鱼。
窈窕淑女，寤寐求之；
投竿直钓，悠悠江湖。
窈窕淑女，琴瑟友之；
钓不必得，得不求沽。
窈窕淑女，钟鼓乐之；
烟霞为食，天地为庐。
求之不得，寤寐思服；
弗愿独醒，颓然一壶。
优哉游哉，辗转反侧；
忘我忘天，浩歌可夫！

【注释】读《清诗纪事·俞桐〈渔夫〉》，遥想《诗经·关雎》，合二而一，不亦可歌可泣乎！

谁识乡村苦

唐人李绅的《悯农》和《清诗纪事·赵同曜〈采桑女〉》，皆悲天悯农，叠合两诗以便引发心灵深处的深切的共鸣。

锄禾日当午，汗滴禾下土；
谁知盘中餐，粒粒皆辛苦；
寄言城郭妇，珍重绮罗裳；
蚕时日日忙，谁识乡村苦？

爱情七惑歌

一泓清泉兮几竿修竹，
芳心悦悦兮月影绰绰，
暗香游歌兮萤火追逐。

两间草房兮几棵乔木，
芳心嘻嘻兮饥肠辘辘，
摸爬滚打兮桑梓沟渎。

三分野田兮几只花鹿，
芳心忡忡兮旅尘仆仆，
嬉笑怒骂兮风吹雨沐。

四方牧歌兮几头牛犊，
芳心洋洋兮信誓笃笃，
朝云暮雨兮神笑鬼哭。

五朵玫瑰兮几陌青绿，
芳心煌煌兮日华烛烛，
煮酒品茗兮崎岖石屋。

六丈华冠兮几升粟谷，
芳心灿灿兮深情穆穆，
浅吟低唱兮天翻地覆。

七丝古琴兮几斤豆菽，
芳心絮絮兮香源馥馥，
高山流水兮谁可亲睦？

《五牛图》想

唐人韩滉的《五牛图》，是中国绘画史上的神品，有“镇国之宝”的美誉，现存于北京故宫博物院。友人知我属牛爱牛，特购置苏州刺绣《五牛图》远道寄送京口，情深义重，令人唏嘘！

大牛唤乳名，平生最爱牛。
刺绣五牛图，万金无可求。
一牛自得意，津津芳草游。
一牛好昂扬，奋蹄追伴俦。
一牛半疑途，张口叫哞哞。
一牛频顾盼，伸舌惊回眸。
一牛戴缨络，缓缓天地走。
五牛可想象，牛牛正怀柔？

船情

一艘异国邮轮鸣笛从窗口缓缓破浪而过，似乎心有灵犀，点点通江达海，点点惊魂动魄。

威声鸣空兮回望百年情，
惊涛拍岸兮催放千朵花。
北京二锅兮，
点点滴滴滴不尽相思雨；
南京红烟兮，
缭缭绕绕绕不开相思家。
虹桥关河兮，
垂柳飘飘飘不走相思云；
荷塘莲庵兮，
皓月明明明不透相思霞。
何以为祭兮，
一烛一花随心远；
何以为拜兮，
一酒一茶追天涯！

桃花情

艳艳阳春，
桃花春风，

零落一片片深红浅红。

淡淡清流，
桃花人面，
闪烁一厢厢情浓意浓。

新新芳菲，
桃花无主，
追寻一阵阵疯狂癫狂。

芙蓉情

芙蕖芙蓉，人间花神，华灵英茂：其叶为“荷”，其果为“莲”，其根为“藕”，皆为花之天宝。

芙蓉有荷荷成花，
荷花盈盈珠圆滑，
过雨映日润润红，
荷羞荷秀飘霓纱。

芙蓉有莲莲成花，
莲花亭亭秀樾涯，
清月出淤淡淡红，
莲心莲意渡浮华。

芙蓉有藕藕成花，

藕花灼灼红尘家，
藕断丝连牵牵红，
欲娇欲嗔天雨花！

野菊情

山有木兮木有枝，
野有菊兮菊有芳。
清清白白兮灿灿烂烂，
融融冶冶兮暗暗淡淡。
独立疏篱怀佳人，
赤橙蓝紫青白黄。
登高天涯远，
恨情可成双？
待到重阳后
野菊恣肆香！

梨花情

梨花带雨，千点啼痕，
万点啼痕，点点都是情痕。

梨花带风，千厢遗恨，
万厢遗恨，厢厢都是余恨。

梨花带月，千层销魂，
万层销魂，层层都是离魂。

梨花带梦，千丝思君，
万丝思君，丝丝都是郎君！

卷三　一生冰心兮千行热泪

冰心热泪

一生冰心兮千行热泪，
立尽斜阳，千山万水，
望不清吾恋何在！

千行热泪兮一生冰心，
目尽天鸿，千呼万唤，
听不清吾爱何在！

一生冰心兮千行热泪，
阅尽灯火，千家万户，
辨不清吾愁何在！

千行热泪兮一生冰心，
念尽萧娘，千丝万缕，
问不清吾情何在！

女心

日日夜夜有所思，行行迟迟窈窕心；
朝朝暮暮无所想，遥遥悠悠嫦娥心；
点点滴滴思所想，清清新新少女心；
细细微微想所思，卿卿我我女儿心。

女影

有女如云，
白云轻轻飘过，
吻恋徜徉小路，
翩翩栩栩，
飞动参差倩影。

有女如花，
红花静静开过，
染红嬉戏衣裙，
丝丝缕缕，
联动踌躇丽影。

有女如水，
绿水缓缓流过，
洗映微笑羞韵，

粼粼闪闪，
吹动迤逦涟影。

有女如梦，
蓝月袅袅飞过，
沉浸嫦娥憧憬，
朦朦胧胧，
引动叠幻梦影。

陌女彩丝

陌女彩思兮陌女心丝，陌路陌柳之陌风陌桑。
月亮弯弯兮蓝星眨眼，陌路菁菁之黑萤流光。
溪河匆匆兮绿萍漂戏，陌柳飘飘之黄鹂鸣唱。
夕雨潇潇兮青天满霞，陌风呼呼之白云冲浪。
芳草馨馨兮紫薇争华，陌桑柔柔之红荷溢香。
陌路曲曲兮心路弯弯，陌心幽幽之陌女彷徨。

合“影”感怀

影者，光中之阴也。于今方知合“影”之真谛。

夕阳爱晚霞，长辉好合影。
塔吊追天云，加冕冠紫峰。
碧水翠柳垂，残荷秋风惊。

蛋糕葡萄酒，谁来乐酩酊？
天雨七彩虹，人美三色景。
鲲鹏信天游，星海可望京？

云花

云思悠悠，
云路漫漫，
美人如云兮云飞云散，
梦云追云之云尽天涯？

桃花灼灼，
樱花纷纷，
美人如花兮花影花魂，
痴花盼花之花落谁家？

云花空空，
心花迷迷，
如花如云兮非云非花，
青春迷离之青青蒹葭？

恍惚

披星戴月兮闪烁心灵，风吹草动之招摇黎明。
荼蘼花架兮飞英斗酒，飘飘乌云兮纤纤素手。
梅落樱谢兮无觅花丛，芳菲荼蘼兮独晚春红。

恍恍惚惚兮闭月羞花，寻春探春之窈窕春家？

笑靥酒窝

美女，动心摄魄，在于盈盈神色，在于点点笑靥，在于深深酒窝，正如《酒醉的探戈》所言：“往日的旧梦，好像你的酒窝，酒窝里有你也有我。”

隐隐约约，笑靥点点，
一缕香风兮点点藏娇。

欢欢喜喜，笑靥盈盈，
一团可人兮盈盈吐俏。

羞羞答答，酒窝浅浅，
一汪香泉兮浅浅流袅。

荧荧媚媚，酒窝深深，
蛊芳魂兮深深悟妙！

秋波

媚眼闪星，
香靥流羞，
惊鸿一瞥兮粼镜半湖。

顾盼传神，
盯瞩销魂，
秋波一寸兮明珠万斛。

瞳仁剪水，
情丝撩云，
美人一心兮天藏玉壶？

相思无门

红尘偶遇而成奇缘相知者，或许有之；一般而言，则如李商隐所言“此情可待成追忆，只是当时已惘然”。

美人邂逅兮电眼闪眸，尘缘有遇之相思无门。
相思如雨兮相忆如风，风风雨雨之颠倒晨昏。
相思如云兮相盼如水，云云水水之翻覆乾坤。
相思如花兮相望如月，花花月月之蹉跎魄魂。
相思如幻兮相顾如影，幻幻影影之秋波红唇。
相思动情兮相怜流意，情情意意之无极心痕。
一日不见兮如隔三秋，一生不得之泪空万春！

唇惑

唇妆诱惑，古今相通：古有点绛唇，今有点红唇，还有点蓝唇、点乳唇等等，触景感怀而赋。

美唇迷人兮香唇勾魂，谁点古唇之谁点今唇？[①]
谁点绛唇兮明珠飞霓，一寸怜心之一弯珠纯。
谁点蓝唇兮清月惊兔，一寸情心之一弯月纯。
谁点红唇兮星火羸夕，一寸花心之一弯火纯。[②]
谁点乳唇兮晶雪映梅，一寸冰心之一弯雪纯。
一点香唇兮万样羞娇，谁点美唇之点谁香纯？

【注释】① 谁：可问人，也可问事。② 花心：像鲜花一样美丽的心怀，褒义。

舞情

舞子，青春舞娘也！无意而情，有意而爱，“生是汝人，死是汝鬼”之誓慨，惊天地而泣鬼神！

星夜寂寥兮嫦娥奔月，深闺香房之舞子徜徉。
扑扑朔朔之迷迷离离，乾乾坤坤之阴阴阳阳。
左顾右盼兮仰望俯视，冷傲清纯之寒春孤芳。
一日偶遇兮万般闪情，腰舞笑吟之浮影染窗。
生是汝人兮死是汝鬼，碧落黄泉之随伴万方。
天作天意兮天人天舞，誓慨煌煌之日月洪荒！

神眉鬼眼

女人眉眼之间，有柳星电光，令人会心；有山水波浪，令人开心；有酸醋莺燕，令人焦心；有神鬼云霞，令人痴心。因以歌之咏之叹之赞之！

滴滴含羞兮柳眉星眼，
明眸善睐兮电来光去，
亮晶晶，晶晶亮，
谁赢呵呵会心一笑？

滴滴含娇兮山眉水眼，
秋瞳剪水兮波来浪去，
水汪汪，汪汪水，
谁博嘻嘻开心一笑？

滴滴含嗔兮酸眉醋眼，
星眸微转兮莺来燕去，
光闪闪，闪闪光，
谁知匆匆焦心一笑？

滴滴含媚兮神眉鬼眼，
回眸凝睇兮云来霞去，
情脉脉，脉脉情，
谁梦涟涟痴心一笑？

追鸿

仰月窗寒兮乱乱离愁，

追鸿南飞兮惑惑心绪，
任碧水青山，
争何雄杰英爽？

芳华红姹兮寂寂良夜，
长亭绮陌兮煊煊心神，
凭旖旎风情，
那堪闲庭流觞？

情牵意绕兮深深尘事，
名缰利锁兮淡淡心怀，
尽红颜白发，
怎敌朝夕俯仰？

爱恨情愁

在严格的句式和字数前提下，试以一种同字前韵的方式，表现又一种特殊的宽骚体。

一汀雎鸳兮翩翩舞舞，
扑朔迷离兮展映眷侣重重爱。

一袭霓裳兮袅袅娜娜，
蕴藉迤逦兮熨帖柔肠丝丝恨！

一曲心歌兮娇娇媚媚，

疏宕浑灏兮圆满娟秀种种情！

一轮明月兮皎皎洁洁，
清渺浩荡兮消融江海滔滔愁。

一笑

历史经验，美人顾笑，一顾倾城，再顾倾国，千情万爱，千言万语，或许难敌美人那嫣嫣一笑矣。

微微一笑兮风淡云轻，轻轻一笑兮萍浮水浅，
浅浅一笑兮鸟鸣山静，静静一笑兮星闪月盈，
盈盈一笑兮草香菊甜，甜甜一笑兮冰清露淡，
淡淡一笑兮云梦荷羞，羞羞一笑兮回眸会心，
心心一笑兮柳芳花嫣，嫣嫣一笑兮冲天情涛。

月影可似郎

柳绿九陌兮乱絮纷纷，
桃映云红兮闲花淡淡，
相遇不相识，
谁惹春风，
薇月醉菲芳！

红裙破月兮秋波粼粼，

朱唇流云兮明珠璨璨，
高唐梦相逢，
知甚花开，
月影可似郎？

醉嫁

美丽的醉萌青春，憧憬醉嫁，或想嫁给长风白云，或想嫁给春花秋月。

我想醉嫁白云，
白云生处有小家：
醉嫁青春兮梦梦幻幻，
幻幻梦梦之青春醉嫁！
嫁给白云，
嫁给浮飘，
嫁给流浪，
嫁给高远！

我想醉嫁长风，
长风破浪济沧海：
醉嫁青春兮惶惶惑惑，
惑惑惶惶之青春醉嫁！
嫁给长风，
嫁给漫空，
嫁给缥缈，

嫁给高雄！

我想醉嫁春花，
春花有尽情无极：
醉嫁青春兮绚绚烂烂，
烂烂绚绚之青春醉嫁。
嫁给春花，
嫁给芳菲，
嫁给奢华，
嫁给高艳！

我想醉嫁夏虹，
夏虹贯日冲天涯：
醉嫁青春兮煌煌美美，
美美煌煌之青春醉嫁。
嫁给夏虹，
嫁给浩荡，
嫁给绚丽，
嫁给高放！

我想醉嫁秋月，
秋月天河乱心云：
醉嫁青春兮炫炫耀耀，
耀耀炫炫之青春醉嫁。
嫁给秋月，
嫁给静谧，
嫁给绮丽，

嫁给高清！

我想醉嫁冬雪，
冬雪冷絮白狂野：
醉嫁青春兮迷迷茫茫，
茫茫迷迷之青春醉嫁。
嫁给冬雪，
嫁给清纯，
嫁给狂野，
嫁给高洁！

我想嫁给真爱，
真爱生死可相许：
真嫁青春兮生生世世，
世世生生之青春真嫁。
嫁给真爱，
嫁给心灵，
嫁给生命，
嫁给神圣！

相思夜

月白风清相思夜，
对酒当歌，
星远光远兮伊人可念远？

沧浪霄汉相思夜，
当歌对酒，
云远水远兮伊人可想远？

玉树琼田相思夜，
对酒当歌，
烟远霞远兮伊人可望远？

绿杨红杏相思夜，
当歌对酒，
春远愁远兮伊人可听远？

曲水临流相思夜，
何必对酒当歌，
伤远叹远兮东君劲吹春梦远！

送远

寒日孤斜兮淡月清莹，
芳心乱丝兮风华无情，
执手相送兮正子规声声。

何曾想：
送远情郎，
莺啼绿杨，
山花野芳，

一分相送一分觞？

何曾想：
送郎情远，
沉鱼落雁，
娇喘呢喃；
一分相送一分泫？

何曾想：
送远郎情，
玉霞红唇，
春水流云，
一分相送一分心！

云追水逐兮渐行渐远渐无影，
云飞水戏兮或亲或近或生情，
翘首相望兮又子规声声！

雪月夜思

有的事情一眼可以明白，有的事情一时半时甚至一生一世都难以明白，或许只有神知道！

纷纷扬扬漫天雪，
因何而来，
因何而往，

只有雪知道!

深深浅浅无言梦,
因何而深,
因何而浅,
只有梦知道!

绵绵渺渺清禅月,
因何而圆,
因何而缺,
只有人知道!

袅袅娜娜霓裳情,
西施妲已,
倾城倾国,
只有神知道!

心疼

一声“心疼”,无限蜜意柔情:既如一池涟漪,又如一天流霞;既似一江春水,又如一原红药。

一声心疼兮一池涟漪,
涟漪荡漾,
越轻越柔,
时时知为谁漂?

一声心疼兮一天流霞，
流霞漫飞，
越艳越媚，
日日知为谁娇？

一声心疼兮一江春水，
春水奔腾，
越急越远，
月月知为谁潮？

一声心疼兮一原红药，
红药绚烂，
越心越意，
年年知为谁邀？

舟想

熠熠青春心，茫茫海上舟；
云水漂泊魂，可闻罡风吼？

遒遒壮岁情，遥遥江上舟；
泪洒涌潮客，可识乡音愁？

悠悠暮岁意，轻轻河上舟；
渡亭逍遥人，可否想鹭鸥？

媪妪卖菜谣

夜观图而感慨唏嘘，情不能已，遂以此悲乎老无所依的媪妪。妪者，老妇自称；媪者，他称老妇；合而言之为“媪妪”或“妪媪”，便于称叙也。

媪妪媪妪兮土中刨食，残年凄凄之摇摇欲坠。
媪妪媪妪兮活命菜蔬，野路旷旷之颤颤心碎。
媪妪媪妪兮双筐一担，白发苍苍之涟涟湿泪。
媪妪媪妪兮佝偻吆喝，柴米油盐之熬熬年岁。
问天问地兮何日何朝，媪妪媪妪之妪媪妪媪！

滴滴答答

一位青春芳华的姑娘不幸罹患绝症即将离世，在滴滴答答的输液声中而渴望能见生母一眼，却未能如愿。

滴滴答答，
滴睁了无望的眼眸；
滴滴答答，
滴尽了深情的盼瞅；
滴滴答答，
滴动了死神的魔咒；
滴滴答答，

滴眠在医护的怀柔；
滴滴答答，
滴刻住斑驳泪迹弥留的怨愁；
滴滴答答，
滴透着生命渴望的重逢回首！

吾爱朱夫子

朱宏恢教授是江苏师范大学中文系主任（文学院院长），是我大学的导师。而得以在京拜望朱宏恢老师以及师母，无限感慨：

吾爱朱夫子，大学好院长。
吾爱朱老师，大家好理想。
吾爱朱先生，大德好景仰。
吾爱朱父兄，大恩好舒畅。
耄耋望期颐，大师好玩网！

赶季的爱

爱往往在赶季：
赶的是春夏秋冬，
赶的是风花雪月。

爱兮春花纷纷，
处处夏装靓眼，

焦灼对夏风的游望。

爱兮夏风飕飕，
逸逸秋装傻眼，
焦急对秋月的眷望。

爱兮秋月映映，
臃臃冬装醒眼，
焦躁对冬雪的仰望。

爱兮冬雪飘飘，
时时春装亮眼，
焦虑对春花的盼望。

爱往往在赶季：
赶的是一段段情结，
赶的是一阵阵心悸。

猛如虎狠如羊

相思美人兮，
相思如风；
一日不见兮，
如痴如醉！

相思美人兮，

相思如云；
一日不见兮，
如醉如梦！

相思美人兮，
相思如水；
一日不见兮，
如梦如幻！

相思美人兮，
相思如影；
一日不见兮，
如幻如狂！

如狂如狂，
猛如虎狠如羊，
相思美人兮！

谁是我星辰

匆匆临歧路，
三言两语赠。
言言皆恳切，
切切初心真。
真真动情时，
时时在要津。

津津乐大道，
道道异乡人。
人人一颗星，
谁是我星辰。

相思云水

一朵相思一朵花，
绿荫深处，
处处是人家。

一滴相思一滴水，
君住长江头，
我住长江尾。

一片相思一片云，
云起云飞，
除却巫山不是云。

卷四　随心岁月兮叠彩芳邻

染衣

舞子者，舞娘也。真而冰清，善而纯良，美而雅丽，大奔车技一流，有“活着是你的人，死了是你的魂”的爱情誓言，然而，有一天她却说：她想染衣云游了！

卿卿我我兮出水芙蓉，翩翩翔翔之苍穹俪鸿。
我侬你侬兮活为汝人，你侬我侬之死为汝魂。
几许冰清兮几多红尘，随心岁月之叠彩芳邻。
冷冷茕茕兮伶伶仃仃，清丽美人之黄卷青灯。
染衣梵呗兮云泥霄壤，相望相思之九死无忘！

金山月

一轮明月，千年古刹，相映成趣。镇江金山寺的一轮明月，征服了中国，征服了万万千千的月迷和星迷。

中秋观月感古今，谁知明月到潮边！
千年宝刹金山寺，万古净空明月圆。
一空散星点点亮，万里仰月翩翩仙。
云水晶晶皎月淡，风月荧荧魔幻烟。
玉辉熠熠盈华宇，波光粼粼映金巅。
彩绮娇波水芭蕾，觥筹花焰云紫嫣。
梵呗圆音度娑婆，星河吉光耀云川。
清月耀星傲苍穹，嫦娥飞天恋瀛寰。
风情无限好想象，谁恋星月谁恋天？

梦刀梦蝶

冬去春来兮旧雨新雨，高谈阔论之天俦天侣。
影山重丘兮醒世惊世，神谈仙论之幻奇幻丽。
日月光华兮长锚短锚，笑谈欢论兮梦蝶梦刀。
驾星望舒兮诗翁画翁，美谈妙论之萌哲萌赢！

抖擞星空

如如美人兮，
溪水羡云，
翩翩惊鸿，
惊飞玉霞霓虹；

羞羞美人兮，

杨柳随风，
婉婉游龙，
游晃艳光芳红；

脉脉美人兮，
梨花带雨，
迷迷魂色，
倾翻一江芙蓉。

柔柔美人兮，
箜篌弹泣，
牵情九穹，
抖擞点点星空。

情碰

自然世界，人类社会，万事万物万人万情，一切都是邂逅：谁都不可预知，是哪一只凤蝶在何时何地亲吻哪一朵野花；谁都不可预知，是哪一阵清风在何时何地吹吻哪一阵云彩；谁都不可预知，是哪一朵浪花在何时何地漂吻哪一片浮萍；谁都不可预知，是哪一位天使在何时何地抛吻哪一位少年郎！

翩翩凤蝶兮无声无息，
无心无意之野花巧碰，
流花引蝶，
芳草天涯可问蝶？

匆匆白云兮无止无息，
无想无愿之高风巧碰，
流云吹风，
高天白云可问风？

渺渺江河兮无停无息，
无欲无望之浮萍巧碰，
流水漂萍，
波卷潮涌可问萍？

茫茫人海兮无绝无息，
无亲无故之天人巧碰，
流心寻天，
情聚情散可问天？

云啊云

感慨于生命流云，感慨于流云生命，感慨于风流无形而云散无影！

云啊云：
云神云仙云啊云，
一分一秒都是云！

云啊云：

云花云锦云啊云，
一朝一夕都是云！

云啊云：
云风云影云啊云，
一江一天都是云！

云啊云：
玉映霞舞云啊云，
一生一世一片云！
啊，我的云！

云飘

云就是云，
不知从何处飘来，
迷惘的眼神，
醉了江枫，
醒了海棠。

云就是云，
不知从何时飘走，
眷顾的眼神，
恋过尘埃，
爱过无常。

初恋的云

初恋是什么？初恋是云，初恋是心中的云，初恋是天边的云！

初恋是云：
微微一媚，
一刹那便染云霞。

初恋是云：
轻轻一嗔，
一瞬间便腾云雾。

初恋是云：
曼曼一步，
一霎时便开云花。

初恋是云：
高高一望，
一转眼便飞云鸿。

初恋是云：
嫣嫣一笑，
一掉头却是云梦。

相顾

相顾而羞兮浅浅一笑，
羞羞答答之远山含翠。
相顾而恬兮微微一笑
恬恬淡淡兮碧野藏蕾。
相顾而柔兮靡靡一笑，①
柔柔轻轻之秋波动谁？②
相顾而悠兮脉脉一笑，
悠悠怅怅之心海问朏？③

【注释】① 靡靡：柔美明丽。② 谁，可问人，也可问事、问情、问物，此“谁”兼及四者。③ 心海问朏：朏，月出；新月初出之光。

东东西西歌

渡边淳一《男人这东西》《女人这东西》，读后有感，遂作此歌。

男人西西兮女人东东，西西东东之惺惺忪忪。
女人东东兮男人西西，东东西西之嘘嘘唏唏。
东西男人兮东西女人，西西东东之昏昏晨晨。
男人东西兮女人东西，东东西西之迷迷离离。
西西诱人兮东东迷魂，日落月出之亲亲吻吻。

色的释放

与京友于蓝色港湾小坐，匆匆来去，情深意长。“释放我的红”广告词留下了深刻印象。

释放我的红，耀闪你的瞳。
释放我的黄，惆怅你的狂。
释放我的蓝，颠覆你的烦。
释放我的白，阔空你的霾。
释放我的黑，模糊你的悲。
黑白蓝黄红，男男女女同！

初恋的话

初恋，无话不谈，或为闪话，随性而为；或为夜话，因时而为；或为香话，随境而为；或为情话，尽情而为。

秋波涟漪兮爱流涌泉，星星眨眼之脉脉闪话。
眉峰耸翠兮乌云飞雪，嫦娥奔月之悄悄夜话。
杨柳依依兮雎鸠关关，花风沉醉之萌萌香话。
红尘万丈兮芳心一点，几番情战之几许情话？

伊人霞光

在天为云，在地为水。云映水，水裹云，云水之间，是一种情，是一种恋，是一种无休无止无穷无尽的缠绵。千山万水，所谓伊人，在水一方；万水千山，所谓缘分，云飘水流。人海茫茫，云海漭漭，风云际会，一切都是偶然，一切也都是必然！

茫茫人海兮睁眼远眺，
人海滔滔兮闭眼细想。
浪花朵朵，
朵朵浪花；
谁在流泪，
谁在流浪？

漭漭云海兮低眉沉思，
云海苍苍兮昂首浮想。
云花朵朵，
朵朵云花；
谁愿飞泪，
谁愿飞翔？

人生悠悠兮时光渺渺，
悠悠人生兮渺渺时光。
心花朵朵，
朵朵心花；

谁是伊人，
谁是霞光？

错位

爱之寻情，情之寻爱，往往错位而不能如意。

男人爱漂亮兮靓妹未有意，
火星乱迸兮脚乱手忙；
急急吼吼兮病煞苦煞，
流影追风兮妙音绕梁！

女人爱潇洒兮俊郎若无心，
秋波泛滥兮小鹿乱撞；
心心恋恋兮急煞痛煞，
潘郎阮郎兮谁是奴郎？

江春思人

朝日浸浪浪依寒，
夕阳熔金金无影，
白云飘飘，
清风匆匆，
谁可共酌流霞？

绿柳舞春春想归，

青山漫翠翠无边，
杜鹃声声，
荼蘼悠悠，
谁可共望天涯?

北窗尽思思有痕，
南浦愁别别无恙，
乡思深深，
娇嗔浅浅，
谁可共勉冤家?

谁演

潇潇雨霁，
谁演天高云淡?
朝云暮雨，
谁演烟花伴侣?
芳华瞬息，
谁演惊鸿 瞥?
浪漂萍浮，
谁演佳人随忆?
万里丹霄，
谁演香怀梦魂?
霜白枫红，
谁演凝睇渴望?
葭苇沙汀，
谁演窈窕鸳鸯?

乡关天外，
谁演远客断肠？

微云度春

横塘有芳草兮长风无虹云，
芳草萋萋，江天杳杳，
何物人几许伤春？

青春有明月兮寒窗无佳人，
明月溶溶，柔情靡靡，
谁家子争敢梦春？

江海有潮汐兮星野无旅人，
潮汐盈盈，碧霄空空，
谁何人几曾望春？

芳年有幻梦兮人生无红颜，
幻梦耸耸，断鸿隐隐，
何如其微云度春？

云水恋歌

亘古至今，云水一体，缠绵无尽。或飘天仰观为云，或流地俯视为水。云映水，水裹云，云水之间，有一种情，有一种恋，

有一种无休无止无穷无尽的缠绵；云水之外，或许无非就是忘情忘世忘却滚滚红尘而已罢了。

云是什么？
云是女人的心花！
水是什么？
水是漂满心花的莲塘！

云是什么？
云是男人的心舟！
水是什么？
水是荡漾心舟的天堂！

云是什么？
云是爱情的翅膀！
水是什么？
水是青春的梦想！

云水的一朵朵心花洋溢幸福的莲塘，
云水的一条条心舟荡漾憧憬的天堂，
云水的一双双翅膀翱翔爱情的梦想！

云恋而恨水，
水恋而恨云，
云云水水：
无限无尽无边无涯无始无终：
云水彷徨兮云水缠绵，

云水缠绵兮云水翩跹，
云水翩跹兮云水遥遥，
云水遥遥兮云水渺渺，
云水渺渺兮云水迢迢，
云水迢迢兮云水淼淼，
云水淼淼兮云水辽辽，
云水辽辽兮云水杳杳。

水云遥遥，
云水渺渺：
云水任意兮任风任情任万方，
飘天仰观兮云聚云散云无踪，
流地俯视兮水奔水涌水无乡。
天云地水任风情，
云水亘古随何方。
天地俯仰云水欢，
云奔水裹涵天芳。
匆匆忽忽飞云急，
汤汤缓缓流水长。
高天长风云戏水，
红尘梦回凤求凰。
万里长江万里风，
云花水影难彷徨。
世人何羡云水恋，
几度云水可歌觞？

水云迢迢，

云水淼淼：
云水缠绵兮缠情缠爱缠心魂，
依稀凭窗兮云飘云扬云无影，
朦胧倚栏兮水来水去水无痕。
苦苦寻影悠悠云，
清清碧水向谁欢？
仰云平添双飞翼，
俯水犹在人世间。
夜雨断桥黄粱梦，
春红叠乱笑云冠。
满江乱云可染泪，
爱丝情缕尽云烟。
一片笙歌心远处，
朦胧云水独倚阑。
几多云水洗红尘？
世人应羡云水恋！

水云辽辽，
云水杳杳：
云水放情兮放天放地放高情，
一天流云兮云梦云烟云氤氲，
万川阅水兮水深水浅水晶莹。
水经绿野江河海，
云浮高天日月星。
一俯一仰天地远，
一逗一羞云水萌。
水流水远水澹澹，

云飞云飘云轻轻。
白云无心萦翠微，
长河有意影娉婷。
青丝绾云争韶华，
红颜映水乐酩酊。
谁愿千年等一回，
云追水逐玉壶情？

爱之寻

清晨时分，翠鸟对鸣而欢，随之而有所悟。

人山人海兮山海漭漭，
爱在寻遇，
离离迷漫的原草，
滚滚腾没的浪花。

人烟人寰兮烟寰茫茫，
爱在寻望，
飘飘自由的烟云，
慌慌张扬的寰风。

人影人踪兮影踪遑遑，
爱在寻想，
焕焕随新的天影，
幻幻刹变的心踪。

人潮人流兮潮流汤汤，
爱在寻观，
汹汹奔涌的狂潮，
悄悄澎湃的暗流。

人千人万兮人来人往，
人世人间兮人众人群，
吾爱纠纠兮吾爱缭缭，
在水一方兮在天一方？

愁情

心有千千结，
问君能有千千愁？
春光阑珊兮风物变幻，
欢笑相嬉之日日迷情。

心有千千结，
问君可有千千愁？
春花烂漫兮风华倜傥，
醉笑相逢之夜夜恨情。

心有千千结，
问君何有千千愁？
春云翻涌兮风流照映，
媚笑相舞之旦旦寻情。

心有千千结，
问君谁有千千愁？
春月春意兮风歌浩荡，
卿卿我我之谁愁谁情？

问郎

人情朦胧兮翩翩蝴蝶影，
桃花妩媚兮飘飘香雪雨。
问苍苍原野，
吾郎可留踪？

柔柳婀娜兮闪闪星津辉，
皎月空阔兮灏灏清朗宇。
问悠悠流云，
吾郎可望鸿？

月华如水兮处处惹相思，
江流似云兮时时寻羁旅。
问滚滚长江，
吾郎可西东？

日日夜夜兮爱侣醉相思，
朝朝夕夕兮相思醉爱侣。
问旦旦日月，
吾郎可忘空？

凤凰台上好相思

凤兮凰兮，
凤凰台上好相思。

天镜浮空兮微微明春凤凰台，
一野春蕾，
催放一野相思无情花，
恣肆烂漫，
芳菲迤逦兮谁愿连理相思随？

天镜浮空兮清清消夏凤凰台，
一江夏水，
狂奔一江相思无情潮，
澎湃汹涌，
惊涛骇浪兮谁驾长风相思归？

天镜浮空兮飒飒引秋凤凰台，
一帆秋风，
仰高一帆相思无情月，
旷远冷峻，
婵娟广寒兮谁携香纤相思飞？

天镜浮空兮皓皓光冬凤凰台，
一空冬云，

酝酿一空相思无情雪，
晶莹璀璨，
冰清玉洁兮谁将卿卿相思窥？

凤凰台上好相思，
凤兮凰兮！

深吻

深吻，
情闸大消，
一浪猛一浪，
翻动一江汐潮！

深吻，
情火疯长，
一山高一山，
抖动一山夕阳！

深吻，
情海汪洋，
一心热一心，
热动一生迷狂！

爱是什么

爱是什么，
爱就是爱！

爱是徘徊，
爱是在路口的迷惘徘徊！
爱是回眸，
爱是在相遇的刹那回眸！
爱是等待，
爱是在相望的恒久等待！
爱是无奈，
爱是在沼泽的挣扎无奈！

爱是什么，
爱就是爱！

爱的旅程

雨中阳伞，玲玲珑珑，
撑起了一方方爱的天空！

林中小路，幽幽弯弯，
踏出了一段段爱的浪漫！

小桥流水，啦啦哗哗，
流来了一串串爱的浪花！

午夜香吻，润润津津，
刷出了一丝丝爱的印纹！

忽然

忽然有一刻，心就开了花；
亭亭楚楚，个个是奇葩！

忽然有一会，心就走了神；
恍恍惚惚，处处是离魂！

忽然有一晚，心就冒了烟；
翩翩栩栩，通通是女仙！

忽然有一天，心就变了调；
嘤嘤啼啼，时时都美妙！

爱的美丽

热情是一种浓浓的美丽，
婉婉一笑，

笑得春暖花开！

冷酷是一种淡淡的美丽，
呵呵一笑，
笑得梅雪飞怀！

爱情是一种恒恒的美丽，
轻轻一笑，
笑得澎湃山海！

心幡张扬

爱：
一日不见如三春，
一朵朵春花，
繁华了春天，
滋润了心田！

爱：
一日不见如三夏，
一枝枝夏荷，
凉爽了夏天，
润泽了心原！

爱：
一日不见如三秋，

一弯弯秋月，
寂寞了秋天，
深邃了心潭！

爱：
一日不见如三冬，
一场场冬雪，
晶莹了冬天，
张扬了心幡！

爱之灯

爱是一盏灯，
永生永世不灭的灯！
爱的灯，
没有等待，
没有彷徨！

爱是一团火，
永生永世不熄的火！
爱的火，
没有迟疑，
没有张望！

爱是一汪泉，
永生永世不枯的泉！

爱的泉，
没有羞涩，
没有隐藏！

问情

天高高兮海深深，
我爱你有多深？
一颗丹心，
可以问沧海！

天阔阔兮山远远，
我爱你有多远？
一腔痴心，
可以问高山！

天长长兮水久久，
我爱你有多久？
一片冰心，
可以问碧水！

天荒荒兮地老老，
我爱你到多老？
一往倾心，
可以问大地！

卷五　投涛追鱼兮觅影追魂

找寻

亲爱的，
我想投涛追鱼，
在大瀑布里找寻浪花的欢腾；

亲爱的，
我想扬鞭追风，
在大草原里找寻骏马的奔腾；

亲爱的，
我想凭空追星，
在大穹隆里找寻云彩的荡腾；

亲爱的，
我想觅影追魂，
在大世间里找寻心灵的飞腾！

你在哪里

缤纷绚烂，
花开花谢，
你随花而开，
开着开着就花谢了，
你在哪里？

汹涌澎湃，
潮来潮去，
你踏潮而来，
来着来着就潮去了，
你在哪里？

飘浮游荡，
云飞云散，
你驾云而飞，
飞着飞着就云散了，
你在哪里？

空幻虚灵，
情生情迷，
你追情而生，
生着生着就情迷了，
你在哪里？

花花世界，
一花一世界；
滚滚红尘；
一尘一天地；
渺渺绿水，
一水一伊人。
情在这里，
你在哪里？

【注释】生，取其多义：产生；陌生；有生命；生活；发生；燃烧；等等。

撩

我是玫瑰，
我是情人，
我是情人玫瑰，
撩闪着你的火红唇光；

我是蔷薇，
我是情人，
我是情人蔷薇，
撩拨着你的青丝面庞；

我是海棠，
我是情人，
我是情人海棠，
撩动着你的青春心房；

我是芍药，
我是情人，
我是情人芍药，
撩情着你的害羞桥塘；

我是太阳菊，
我是月亮河，
我是你女人花，
撩发着你的心灵芬芳！

追影

蜜蜂追花，
追待一场香吻；
彩云追月，
追望一座昆仑；
雄鹰追梦，
追逐一个惊魂；
爱侣追影，
追寻玉人金婚！

【注释】玉人，可指女性，也可指男性，详见拙著《中国古汉语学》。

星海任航

大江京口韶年美，
云龙舞勺积翠乡。
金陵舞象随园花，
梧桐乱雨韩家巷。
北广问学庆弱冠，
西洋负笈争鹏翔。
说天谈象特拉华，
而立归国笑寒窗。
如今强仕贺国运，
星辰大海任情航!

【注释】韶年：男孩六七岁。舞勺：男孩十二三岁。舞象：男孩十四至十六岁。弱冠：男子二十岁。而立：男子三十岁。强仕：男人四十岁。语本《礼记·曲礼上》："四十曰强，而仕。"

爱的邂逅

爱是云，
飘过漫漫绿野，
飘过灿灿红霞，
一不小心，
飘进了陌生的心灵。

爱是雨，
润过依依杨柳，
润过夭夭樱桃，
一不留意，
润湿了干涸的心灵。

云飘雨散，
静静悄悄！
谁是那朵云，
谁是那滴雨，
邂逅了哭泣的心灵？

伤心雪花

髦特千山万水追寻伊人，无奈伊人转身，漫天伤心雪花。①

千言万语兮，
髦特锵锵而誓；
千娇百媚兮，
伊人铿铿而愿。②

千山万水兮，
髦特踽踽而来；
千呼万唤兮，
伊人飘飘而迁。

千难万险兮，
髦特苦苦而寻；
千姿万态兮，
伊人悄悄而转。

千红万绿兮，
伊人一转兮千霜万雪；
千情万痴兮，
伊人一转兮千江万川！

【注释】① 髦特，公牛王子，如同今言“白马王子”也。② 伊人，美人也。《诗经》有言：“所谓伊人，在水一方”。

髦特思思

《诗经》有言：“髧彼两髦，实维我特”。特者，健壮公牛之谓也。髦特者，犹言西方白马王子，理想配偶之谓也。髦特思思，伊人远在天边，如痴如狂，无论春夏秋冬。

髦特思思兮秋水伊人，一日三秋兮空心惶惶。
髦特思思兮春花伊人，一日三春兮乱心茫茫。
髦特思思兮夏蝉伊人，一日三夏兮燥心炀炀。
髦特思思兮冬雪伊人，一日三冬兮冰心泱泱。
髦特思思兮大千伊人，一日三世兮痴心皇皇。

想你

我想你，
想得太阳一起落泪，
催生一阵阵太阳雨。

我想你，
想得月亮一起落泪，
浇美一朵朵月亮花。

我想你，
想得江海一起落泪，
翻滚一重重江海潮。

我想你，
想落了星星，
想弯了月亮；

我想你，
想涨了天潮，
想哭了太阳；

我想你，
想疯了云虹，
想长了翅膀！

追情微心

相遇是缘。缘从何来：或缘于邂逅，或缘于搭讪，或缘于浪追，动则有缘矣！

邂逅娇娃兮巷尾街头，
长丝飘风兮横波流韵，
擦肩一笑，
谁可微聊？

搭讪娇娃兮海角天涯，
眉山耸翠兮金钗野丫。
纤素双手，
谁伴微游？

浪追娇娃兮云飞花羞，
一种情怀兮万般风流。
几度芳音，
谁乱微心？

染红醉烂漫

春暖花开兮染红醉烂漫，碧桃绿柳之含露梦迢递。
关关雎鸠兮恨别云天愁，翩翩惊鸿之凝睇凭阑意。

长叹短叹兮望长亭短亭，长情短情之歌长笛短笛。
国色天香兮羞半卷虾须，风声鹤唳之问霓虹晚夕。
女为悦己兮越春点绛唇，春归何处之心魂萦佳丽。

谁欢宴春

浪荡未来兮去去三千里，凌霄花开之何处理相思？
窈窕婀娜兮空惜石榴裙，徘徊踯躅之遣谁欢宴春？
翠鬓纤腰兮绛唇点红颜，新染绮罗之谁可比天仙？
断雁孤鸿兮金露兰麝香，星汉璀璨之怎生夜未央？
南浦北亭兮东卷西风魂，珠泪滴尽之可携梦中人？

羡靓

碧云连天，
花好云淡，
袅袅婷婷，
盈盈愁泪，
无须斜阳泣天涯！

寒烟飘水，
柳舞莺歌，
婀婀娜娜，
丝丝柔肠，
无须钩月映落花。

玉楼怡翠，
朱唇黛眉，
缠缠绵绵，
软软柔语，
无须清风送流霞。

窗明梦远，
风流曼妙，
花花丫丫，
悠悠芳魂，
何羡靓花乱扑家？
回首
青年之梦幻，可痴可怨，可笑可泣可回首。
九曲蓝桥兮何处觅云英？
一帆春色兮明月清照！
幽幽心中事，
晶晶眼中泪，
遥遥意中人，
离情尽寄芳草，
多情却随流云，
忘情恰似一江春水云天消。

九方韶华兮何处觅芳菲？
余音绕梁兮韩娥吴娃！
区区心中事，
静静眼中泪，

冥冥意中人，
思情追远天涯，
愁情萦回孤台，
谁见一腔痴情日月映流霞？

追云

默默斜阳，艳艳彩虹，匆匆游筝，凄凄子规：谁是你的一片云？

暮去朝来兮翻来覆去，
芳草漫漫，
柔柳靡靡，
梦断云飞兮一片片默默斜阳，
眼睁睁兮花开花谢又一天。

日来月去兮西去东来，
烟光飘飘，
韶华迢迢，
梦追云幻兮一条条艳艳彩虹，
痴迷迷兮花开花谢又一月。

雨去风来兮鱼来雁去，
柔肠萦萦，
粉泪涟涟，
梦随云空兮一线线匆匆游筝，

心恋恋兮花开花谢又一春。

春来冬去兮情来意去，
蓬山重重，
心海茫茫，
梦越云风兮一声声凄凄子规，
恨怅怅兮花开花谢又一年！

然然歌

网上有种种“处世八然”的说法，为回应吴兄所云“山间明月，江畔清风，取之不尽，用之不竭，此乃人生也乎”，特作此歌。

柳暗花明，
得志淡然兮失意坦然；
潮平岸阔，
名利顺然兮苦乐适然；
荒原星火，
机遇偶然兮命运必然；
天高云远，
糊涂超然兮开悟空然；
春花秋月，
生生世世兮自然而然！

羽韵

羽韵者，云也哉，有一种“飞”性的浪漫。

羽云悠悠，
任情任意，
无限空涯。

云羽翩翩，
随情随意，
一点潇洒。

心心何往：
白云那边，
寻常人家？

羡花

长笛吹风兮柳丝婆娑，闲云流天兮斜月半窗。
舞红瘦春兮花开花谢，人不如花兮羡花断肠。
今春前春兮春春春红，今人前人兮人人人伤。
莺姿燕影兮销魂江南，一江春水兮一江歌殇！

工友一家人

知青时代，上山下乡则为“农友”，留城进厂则为“工友”。今天以农友身份应邀参加一场“工友”聚会，其情其景，感人至深。

江城三月兮春寒料峭，一家人亲兮金山融融。
颤颤城东兮巍巍城西，公交结伴兮电驴自通。
问寒问暖兮问远问近，如姐如妹兮如弟如兄。
午前晚后兮畅叙情怀，厂里家外兮聚说心衷。
万般深情兮一言珍重，依依不舍兮人人动容！

听江

逡巡江畔，静听春江，似乎有一种特别的深思遐想。

一江春水兮万里卷潮，潮随情来兮潮随情往。
江头卿卿兮江尾我我，一呼一吸兮一波一浪。
绵绵相思兮簌簌粉泪，融汇长河兮静听流滂。
明月华灯兮断魂况味，梦回酒醒兮正好听江！

醉春

一树春花兮飞红扬雪，花醉春侣之飘飘蝶裙。

一天春云兮醒梦幻影，云醉春伴之洋洋乾坤。
一剪春燕兮拂柳掠樱，燕醉春情之悠悠魄魂。
一夜春雨兮润野泽田，雨醉春径之静静乡村。
一片春晖兮晓窗明扉，晖醉春草之嫩嫩绿茵。
一路春色兮嫣红姹紫，色醉春酒之明明绛唇。
一江春水兮涤荡澎湃，春满人间兮谁醉春心？

红与黑

丽人无所言，贻我红松鼠。
南北东西跑，酸辣辛甜苦。
随我跨世纪，翩翩可起舞？
丽人无所赠，傻傻小黑偶。
喷火造神迹，观世问渊薮。
黑白两分明，睁眼辨美丑。
人生红与黑，初心谁可守？

何求

一日何求兮？
晨光熹微兮青春倩影，
夕阳余晖兮绕梁歌声。

一月何求兮？
溶溶月色兮深情回眸，

涌涌月潮兮动心祈求。

一年何求兮？
静静辞旧兮平安吉祥，
匆匆迎新兮良愿厚望。

一生何求兮？
卿卿我我兮对对双双，
关关嘤嘤兮平平常常！

为什么

为什么，
春天会下雨，
因为雨水会滋润爱的心田！

为什么，
夏天会刮风，
因为清风会清醒爱的迷惘！

为什么，
秋天会凝霜，
因为凝霜会集聚爱的畅享！

为什么，
冬天会飘雪，

因为飘雪会张扬爱的幻想！

为什么，
你说走就走，
头也不回，
脸也不掉，
而我却为爱在坚守：
不管下雨刮风，
不管飘雪凝霜！

你好吗

已经放手，
已经放下，
岁月是脱缰的野马，
爱情是无尽的天涯，
打一声招呼：
你好你好你好吗？

已经想开，
已经想透，
过往是汹涌的江涛，
释怀是缠绵的沙漏，
送一声问候：
你好你好你好吗？

已经走远，
已经走开，
夕阳是伤逝的辉光，
朝阳是未来的情怀，
喊一声朋友：
你好你好你好吗？

我应该想谁

一切皆成过往，
我应该想谁？

我应该想灰姑娘：
两小无猜兮青梅竹马，
耳鬓厮磨兮花前月下。

我应该想野丫头：
方隅悄语兮海誓山盟，
穷乡抱影兮忘情私奔。

我应该想小公主：
轻声慢语兮滴滴娇娇，
莲步生香兮娜娜袅袅。

我应该想邂逅女：
擦肩而过兮回眸一笑，

一颦一蹙兮百媚百娇。

一切皆成过往，
我谁也不想！

等你等到你结婚

我爱你，
我想用爱浸泡你，
浸泡出芙蓉出水的梦幻！

我爱你，
我想用爱燃烧你，
燃烧出凤凰涅槃的美幻！

我爱你，
我想用爱等待你，
等待出天长地久的情幻！

我爱你，
等你等到你结婚！

南京姑娘

那一日，
仰天长啸，

黄海滩涂兮长影夕阳！

那一晚，
低头苦思，
盐蒿净月兮心田苍凉！

那一时，
心花怒放，
南京姑娘兮诉说衷肠！

那一刻，
幡然醒悟，
战战兢兢兮迷迷惘惘！

青春的岁月，
我们没有青春；
渴望的爱情，
我们不能渴望！

浅情

少年不识情滋味，
青春风月兮浅情年光，
楼台临窗兮滴珠翠微。

少年不识爱滋味，
目断鸿雁兮寂寞时光，

夕阳远山兮残照黛眉。

少年不识愁滋味，
独上高楼兮满眼韶光，
杜鹃声声兮与谁心归？

爱情燃烧的灰烬

云兮情兮，
你送我一片云，
我送你一段情！

艾兮爱兮，
我送你一束艾，
你送我一点爱！

云兮云兮，
你送我的那一片云，
早已静静化成烟云！

艾兮艾兮，
我送你的那一束艾，
早已悄悄织成佩艾！

静静的烟云，
悄悄的佩艾，
都是爱与情燃烧过后的灰烬！

卷六　肩担大山兮腰挽河渡

河渡

父辈有言，年青再苦不算为苦，年老之苦则不堪言了。观河渡有感：

河渡匆匆兮匆匆河渡，
扁担颤悠悠，
筐箩沉甸甸，
吭吭哧哧兮劳劳碌碌。

一根扁担兮两只筐箩，
挑着冬瓜兮担着辛苦。
一条扁担兮两只筐箩，
挑着土豆兮担着劳苦。
一只扁担兮两只筐箩，
挑着葫芦兮担着愁苦。
一张扁担兮两只筐箩，

挑着白菜兮担着穷苦。
一个扁担兮两只筐箩，
挑着人生兮担着勤苦。

一生吭哧兮一生劳碌，
筐箩沉甸甸，
扁担颤悠悠，
肩担大山兮腰挽河渡！

赠七夕

日月天行谁执驾，年年七夕好分明。
晨乌晚蟾逗云心，牛郎织女望河逢。
天街云高金乌远，人世嫣黄自飘零。
流年匆匆空晶蟾，韶华澹澹闲风萍。
银河无心千千结，鹊桥有意七七盟。
何当竞骑飞日月，一片烟霞一片情。
相会七夕何以赠，挥洒璀璨满天星。

男女八卦歌

男人是天，
女人是地；
男人是女人的天，
女人是男人的地；

女人无天可叹鸿，
男人无地难自容！

男人是雷，
女人是风，
男人是女人的雷，
女人是男人的风；
女人无雷厌黛眉，
男人无风泣鹏飞。

男人是水，
女人是火；
男人是女人的水，
女人是男人的火；
女人无水丧心魂，
男人无火朝天昏。

男人是山，
女人是泽；
男人是女人的山，
女人是男人的泽；
女人无山作花囚，
男人无泽渴死牛。

【注释】男女性属取《周易》卦象意：乾，天、父；坤，地、母；震，雷、长男；巽，风、长女；坎，水、中男；离，火、中女；艮，山、少男；兑，泽、少女。

呼应

呼应，是一种关联，是一种配合，是一种机缘，是一种天经地义。

一阴一阳，
太阳呼应月亮，
轮回着失落与希望；

一动一静，
白云呼应绿水，
偶然着机缘与憧憬；

一天一地，
电光呼应石火，
激荡着迸发与交替；

一女一男，
窈窕呼应髦特，
映射着命运与蕴涵；

一师一生，
红颜呼应青春，
洋溢着霞蔚与云蒸；

一世一家，
紫宙呼应红尘，
漫漶着丹青与烟霞！

三步两桥漫望[①]

往昔为南京玄武人将近十年，追往思远，令人感慨万千。三步两桥（三埠两桥），是南京独特的地名，而未见其实。今游镇江金山，不仅真见三步两桥，而且还见一亭三桥，欣喜欢忭，不亦乐乎。

徜徉玄武门，感慨玄武人。
春秋韩家巷，冬夏随园深。
染月大石桥，窈窕俏佳魂。
谁醒鸡鸣寺，鼓楼太阳神！
水漫金山仙人情，缘聚江湖乡音浓。
三步两桥广玉兰，一亭三桥乱春红。
九牛二虎斗天力，四大五蕴笑文宗。
牛年牛喜牛大顺，春柳春花春朦胧。
心云有情任卷舒，长衢无尽红灯笼。[②]

【注释】① 镇江金山佛印和尚与苏东坡相知甚深，不拘形迹。苏东坡经镇江而赴任杭州，特为拜望佛印而直入方丈室。佛印正欲为众僧说法，见苏东坡直入便玩笑说："此间无坐处。"苏东坡也玩笑道："暂借和尚四大作禅床。"佛印笑道："山僧有一问，学士道得，便传坐；道不得，即输玉带。"苏东坡自恃而欣然答应。佛印问：既然四大皆空，五蕴非有，学士何处坐？东坡语塞而不得其解，遂解玉带相赠，佛印也以衲裙一件相报。如此机锋，传为佛门一段佳话。四大五蕴均为佛教语言。四大，指地、水、火、风，构成物质世界的基本元素；五蕴，指色、受、想、行、识，构成人身的基本因素。② 长衢无尽红灯笼：进入金山大门，南宋孝宗皇帝赵昚的《题金山》诗句“雄跨东南百二州”赫然在目，诗句之下，长衢无尽，红灯夹道，喜气洋洋也！

酒海谈象

初五，酒海街诸友聚会，祝诚教授说：“古人云：一元复始，万象更新。司空图云：‘意象欲生，造化已奇。’又云：‘真力弥满，万象在旁。’复云：‘超以象外，得其环中。’‘象’真是核心词。那么，能否把您的诗论称之为‘原创中国汉语诗歌象论系统’?”有感于此，遂以象诗为答。

一元复始兮新谈万象，洋洋酒海之英游荡漾。
平平仄仄兮抛宕万象，凄凄莽莽之寥空浮荡。
春风化雨兮九彩万象，点点滴滴之心想神望。
汉语歌诗兮诗魂万象，漭漭诗海之灯塔方向！

过道署街感怀

镇江道署街是清代道台衙门所在。现仅存一段高墙和一座券门。券门的白石，外刻“履中”二字，内刻“左宜”二字。履中，可追溯汉典，也可顾名思义。左宜，源自《诗经·小雅·裳裳者华》“左之左之，君子宜之。右之右之，君子有之”，至今依旧众说纷纭。

千年古街何所存，独遗道衙一券门！
道台不知何处去，古道西风可销魂？
东西南北笑履中，风花雪月乐天闻。
左宜右宜左右宜，无所不宜大乾坤！

走近神哲

中国天主教神哲学院，是中国天主教最高学府，本科学制六年。今得以走近，以感悟天主神哲，不亦善善乎！

天圆地方小天坛，十二宗柱大圣堂。
玫瑰圣母度众生，天堂锁钥掌教皇。
圣经从来通神哲，春秋六轮窥天窗。
天主眷眷福润雨，初心楚楚明沧桑。
一生一世一神哲，万古信仰可流芳？

三缘之爱

因地缘我们相识，因文缘我们相知，因心缘我们相爱：共爱江苏大学！感谢江苏大学聘我为客座教授，挂牌韩陈其工作室。

人生得失庄周梦，中国梦圆原乡心。

京华依依人大人，朱方恋恋江大魂。
玉兰飘香学府路，海棠花红中关村。
求是明德博学问，自强实干求天真。
古稀筑梦寥廓远，芳华传情峥嵘春。
九思言意新万象，何来天问开乾坤？

石马情怀

遥远的儿童时代，模模糊糊地听说，十里长山的西边有一个石马庙。今得闲暇，得偿夙愿，才知道石马庙是建于元代天历元年（1328年）的道教古庙，因庙旁有石马而俗称石马庙。

竹马笃笃骑天下，青梅甜甜垂人涎。
跳跳蹦蹦牛皮筋，叮叮当当响铁环。
十里长山石马庙，南来北往云魂牵。
天水净洁洗灵台，灵官豁落唯自然。
大喜大舍大世界，大慈大悲大醒缘。
道气长存腾天慧，石马人家开新元。

清明祭思

父母在，已远游；父母不在，只能伏墓痛哭而已。

寒食花落几多思，故园南山断肠冢。
东西南北任漂萍，归去来兮何望空？

纸烟映闪风招魂，薄酒酹祭血亲浓。
一樽祭哭天魂醉，点点滴滴到九重！

【注释】九重：既为地，又为天，言渺茫不可及也。

悼怀老姨

五月槐花如雪飞，驾鹤西天日月昏。
姨娘如娘同心悲，红尘天涯尽断魂。
音容笑貌静宜美，慈恩笃爱清嘉纯。
天渡无限望一苇，星海情远可梦云？

【注释】2021年6月1日曾高铁越江，兄妹结伴拜望老姨，而未逾一月（6月24日，农历五月十五）老姨驾鹤西去，韩家兄弟姊妹不胜哀悼之至！拜祭于2021年6月24日。

冬至有约

冬至有约兮列祖列宗，纸烟飞飞之仰魂穹空。
冬至有约兮明日明月，云霓飘飘兮遥心银阙。
冬至有约兮朝露朝霞，天台耸耸之追梦女娲。
冬至有约兮春花春娘，长河汤汤之寄情流觞。

等

冬至感怀：等，是一种过程；等，是一种祈盼；等，是一种品德；等，是一种心情。

天明匆匆等黑夜，黑夜痴痴等天明。
一年三百六十日，等冬等夏等秋春。
月等彩云花等雨，海枯石烂爱等心。
一生三万六千景，等天等地等一人。

九寒感怀

吾家有一韩，足以抗九寒。
昨日疑风冷，暖帽防风寒。
今日虑雨狂，长巾堵雨寒。
狮峰龙井香，热啜驱世寒。
高情可致远，唏嘘聊广寒。

【注释】广寒：广寒宫，月宫。

台北奶茶西施妹

偶遇台北资深奶茶妹，攀谈之余，方知奶茶种类繁多、制作复杂，方知奶茶从业艰辛，方知台湾地区民众酷爱奶茶，非常人想象。

一枝独秀大台北，东南西北奶茶乡。
千调万调一杯茶，左饮右饮三街香。
奶茶西施高跟高，饮客逶迤长龙长。
面美如花怡饮客，脚疼欲裂想喊娘。
可爱西施奶茶妹，从容早春话沧桑。

诗情画意

适巧得便欣赏了一位京友牛人的家常烘焙烧烤手艺，几乎每一样菜品都是一幅画，都是一首诗，令人叹为观止：生活是画，生活是诗，非虚言也！

诗情画意何处寻，春夏秋冬花雨霞。
诗情画意何处寻，烘焙烧烤鸡鱼虾。
诗情画意何处寻，柴米油盐酱醋茶。
诗情画意何处寻，灵心巧手大玩家！

生活美

生活诗画得意美，春夏秋冬雨雪霞。
诗画生活放肆欢，烘焙烧烤鸡鱼虾。
柴米油盐花歌诗，琴棋书画酱醋茶。

锅碗瓢盆诗画意，美人美情美食家！

河西夜游

江东游河西，夜色撩人心。
岑楼耀星月，霓虹映绿荫。
窈窕舞翩翩，俪人笑津津。
鼎沸红尘歌，几许猫咪音。
霓虹指笑处，想象可翻新。

过金陵韩家巷

人生万花筒，
唏嘘玩光华：
日光月光兮日积月累好年光，
日华月华兮日聚月增嘉年华！

三江五湖兮星远情遥，
韩家巷陌之朱雀梧桐。
青春浮虹兮引愁勾怨，
苍暮舞云之醒世悟空。

夜过韩家巷，
恍惚生万象：
高唐黄粱兮风月浅意只有猿鸟知，

倾盖梦蝶兮宽骚深情可为鲲鹏狂！

瓜翁菜妪

寒露深秋，夜幕拉开，华灯地摊，耄耋瓜翁菜妪，几多晚凉，几多期盼？

萧瑟悲晚凉，星星点灯花。
一杆鲁班秤，两个胖南瓜。
半篮小青菜，焦心等买家！
瓜翁枯坐望，菜妪干等哑。
耄耋天顾怜，何时借闲暇？

爱云情浪

人生万花筒，
酸甜辛辣苦。
东风吹春兮心心念念，
西云凝雨兮朝朝暮暮！

一草一点绿，
一花一片芳；
有限岁月兮无尽相思，
有限红尘兮无限想象！

一爱一朵云，
一情一层浪；
有限缘分兮无限离情，
有限天地兮无限迷惘！

人面桃花自然芳

我在等春风，
春风荡荡漾漾，
人面桃花洒韶光！

我在等春雨，
春雨丝丝绵绵，
剪柳燕燕喜临窗！

我在等春云，
春云飘飘扬扬，
袅娜少女舞霓裳！

我在等春心，
春心缱缱绻绻，
唇红眉翠自然芳。

我在等，
春风春雨春云春心；
我在等，

人面桃花自然芬芳！

唤醒生命

久久的沉睡，
久久的无言，
久久的等待，
久久的守候：

天天天，
月月月，
年年年！

我爱你，
唤醒你，
不管春夏秋冬；
我爱你，
唤醒你，
不管风雨雷电；
我爱你，
唤醒你，
直到天荒地老！

私奔

私奔是一团爱的野火，
野火熊熊，
烧不尽卿卿我我的相思！

私奔是一挂爱的瀑布，
瀑布轰轰，
轰不走天涯海角的相思！

私奔是一串爱的闪电，
闪电忽忽，
照不透心心相印的相思！

私奔是一阵爱的狂风，
狂风啸啸，
刮不跑生死相许的相思！

恨归

寂寞春闺，
柔肠一寸万缕丝，
相思尽头竟相思！

说什么见水恨水，
只见水长流；
说什么见云恨云，
只见云乱飞；
说什么见人恨人，
只是人未归。

思悠悠，
恨悠悠，
恨到归时万事休！

情来情往

情从何来？
如亲如故，
一见钟情兮冰心玉壶！

情从何往？
如师如君，
二见倾慕兮高山流水！

情从何生？
如友如好，
三见痴缠兮丝萝乔木！

情从何长？

如夫如妻，
四见倾心兮山盟海誓！

情来情往，
怎一个来往可以了得？
情生情长，
怎一个生长可以得了？

伤逝

花开花落，
望多少人面桃花，
来年萧郎是人家。

云卷云舒，
看多少巫山云雨，
千种风情连广宇！

潮来潮去，
想多少江月海帆，
几回魂梦越关山！

情痴

菱花对视，
芳心春思，

情人眼里出西施。

临水顾影，
月明星稀，
色不迷人人自迷。

风月烟雨，
云霞虹霓，
何人何处何时痴？

拥抱

只要你敢想，打打招呼，
你可以拥抱星星和月亮；

只要你敢做，练练水性，
你可以拥抱黄河和长江；

只要你敢为，放放胆量，
你可以拥抱高山和海洋；

只要你敢爱，献献爱心，
你可以拥抱新郎和新娘；

只要你敢信，拜拜先祖，
你可以拥抱女娲和炎黄！

卷七　一点红吻兮万丈青春

女神恋歌

感慨于香港何超琼女士与一代歌神陈百强先生的纯美爱情故事，感慨于少女情怀！少女情怀，群星望月，是一首首离骚长诗，是一阵阵梦幻诗风，是一个个精美诗灵，是一条条激越诗行，是一对对永恒诗魂。

一杯咖啡兮万丈离骚，豆蔻及笄兮情窦萌萌。
萌萌女神兮一生何求？少女情怀兮胧胧朦朦！
绯红笑靥，满满飘溢，一阵阵梦幻诗风！

一点红吻兮万丈青春，豆蔻及笄兮情愫清清。
清清女神兮一生何望？少女情怀兮朗朗明明！
耳鬓厮磨，喁喁轻语，一个个精美诗灵！

一瞬执手兮万丈心潮，豆蔻及笄兮情丝洋洋。
洋洋女神兮一生何想？少女情怀兮羞羞畅畅！

纤手笙歌，萦萦绕梁，一条条激越诗行！

一闪回眸兮万丈明媚，豆蔻及笄兮情网新新。
新新女神兮一生何盼？少女情怀兮纯纯真真！
斜倚芳肩，脉脉含情，一对对永恒诗魂！

【注释】斜倚芳肩：指陈百强先生倚于何超琼女士肩头的经典照片。

问

日有所问，夜有所想，辗转反侧，通宵达旦，反反复复，情追不舍，不知老之将至也。

日日有所问，夜夜想通宵：
春心一片云，随意漫天飘？
长风十万里，可上九重霄？
几许相思意，彷徨情人桥？
徘徊天边月，大江催天潮？
可怜心上人，何处寻窈窕？

浮玉感怀

故园浮玉仰星云，弹指恍惚几十年。
酸甜苦辣人生梦，沧海桑田叹月圆。
四柱圆亭仙人会，千年枫杨藤蔓缘。

梵呗悠悠听潮音，香烟袅袅吻云天。
峥嵘萧瑟料峭寒，一江冬水向春流！

友望

四九寒冬，友人忙里偷闲，特为远道而来，令人感慨。

款款京华情，漫漫友望路。
淡淡江月楼，悠悠西津渡。
雄雄铁瓮城，巍巍宝鼎固。
静静北固湾，翩翩大江鹭。
滚滚红尘叹，浩浩风华酷。
清清金山茶，悄悄书林悟！

网

网虫，蜘蛛古名，又今之痴迷网民也。昨晚徜徉北固栈桥，见蜘蛛顺序结网于栈桥夜灯，犹忆《文始真经》（关尹子）有言曰："一蜂至微，亦能游观乎天地；一虾至微，亦能放肆乎大海。"而"圣人师蜂立君臣，师蜘蛛立网罟"。此意深矣，遂歌之：

夜色网住了大江，大江网住了霓虹！
霓虹网住了蜘蛛，蜘蛛网住了昆虫！
昆虫网住了诱惑，诱惑网住了美瞳！
美瞳网住了夜色，夜色网住了网虫！

感受

风霜雨雪，可以感受自然，可以感受文化，可以感受人生，个个各异，异曲同工。

风雨霜雪时时寒，
春夏秋冬人人嘉！
风萧萧兮，
风人感受唯风寒，
春人感受大风华。
雨蒙蒙兮，
雨人感受唯雨寒，
夏人感受灿烂花。
霜凛凛兮，
霜人感受唯霜寒，
秋人感受美奇葩。
雪飘飘兮，
雪人感受唯雪寒，
冬人感受碧玉霞。

爱的旅行

中国特殊教育博物馆馆长马建强教授光临寒舍，亲赠其大作《共和国教育学70年·特殊教育学卷》，那充满爱意的“有了爱就有了一切”的盛装大作的礼袋更是令人回味无穷。并且从而得知，马先生沿着数世禅祖的足迹，参访礼佛的寺庙多达五百几十所，令人肃然起敬！

凄风苦雨愁雾冬，霁月光风开三春。
金陵把盏歌紫宇，京口品茗望鲲鹏。
碧海云天西津渡，仙风道骨万象吞。
礼佛访游五百寺，修行得道润乾坤。
一生有爱一生爱，大爱万川江海奔！

印思

逆旅天地匆匆客，飞鸿印雪略略影。
几刻几画几千年，一石一竹一钟鼎。
蔡伦造纸轻天下，毕昇活字展愿景。
纸上印来谁说浅，千元万象任憧憬。

京华闲瞥

闲瞥京华乱打油，小狗狮虎一家缘。
卿卿我我爱情海，蜂蜂蝶蝶玫瑰园。
白虎啸吟白桦林，棕熊欢跃青瀑源。
鸸鹋优雅茵茵绿，鳄鱼从容溪溪渊。
逍遥玩猴鹦鹉亭，联翩惊鸿鸳鸯仙。
人生乾坤大无极，野深泣血听鹂鹃。

心水流春

一江心水向春流，花飞花谢芳何寻？
江河湖海水上舟，日月星辰天地人。
一街梧桐江淮风，几树枣花水西门。
叮叮当当滚铁环，风风雨雨追霞云。
人生应知何处去，望月奔火乐天魂！

藏莺啼春

旧貌新颜唐家岭，一线天观小香港。
三山六园中关村，鲜绿满目氧吧乡。
翠微藏莺啼春远，清歌云烟飘林窗。
斜阳壁影映花红，金菊洋槐越野香。
梧桐临风寂寞雨，紫薇傲秋烂漫霜。
彩道迷人通天苑，任君游遨任君爽。

顾望

从浓浓京华亲情到璨璨神舟追星，似乎是一个轮回，似乎又是一个宿命！

浓浓京华兮亲情顾望，悠悠新疆之天歌惆怅。

迴迴远洋兮孔怀情深，穆穆佛山之驹隙红尘。
匆匆逆旅兮印思缱绻，飘飘诗花之聚情云缘。
雄雄鸡鸣兮鼓楼栖霞，璨璨神舟之祈国祈家。

吻破天荒

病毒夺命狂，人人防护装。
待婚小情侣，往死伴鸳鸯。
生命诚可贵，一吻破天荒。
人间有真爱，万古日月光！

启迪

北京中关村启迪大厦，兄弟相聚，其乐融融。

赫赫中关村，煌煌启迪楼。
人生须尽欢，相顾尽白头。
一条保罗带，两点相思愁。
几盏毛峰茗，胜却万户侯。
文理谈笑变，兄弟好聚首。
天问奔火去，双牛可参透？

【注释】最后一句取义于双牛对撞图，以喻造物之变。

三叠阳春曲

观美国特拉华大学博士毕业典礼三部曲感怀。

风笛华鸣心潮狂，
百余天骄傲天罡！
赫克无意话平常。
问权杖，何处放光芒？

铜管吹涌泰西潮，
十载攻博逐浪高！
新秀有心竞雄豪。
问苍昊，何时无敌超？

美歌放情溢广厦，
母女双双并蒂花！
哈克旅行元论高。
问芳华，何人尽天涯？

恋望

与友人于北京白云观，品茗闲话，不亦乐乎。

京城酒吧多，醉饮有风险。
诤友可品茗，悠悠白云边。

红黄绿白黑，色香形美鲜。
品茗逍遥游，谈笑九重天！

昊昊苍天兮莽莽大地，山海呼应之星月调戏。
纤纤素手兮赫赫丹墀，青绿曼舞之红紫喘息。
痴痴闪眸兮怯怯唇吻，风霜消魂之云露啜泣。
靡靡心碎兮柔柔肠断，浮香柳暗之疏影花啼。
顾盼瞩望兮重重叠叠，爱恨情仇之散散逸逸。

谁叹芳魂销

吴云楚天兮淡淡烟波远，柳丝春早之妍妍桃花小。
断桥虚窗兮重重青苔厚，子规春愁之萋萋芳草妙。
红英紫藤兮离离碧天净，莺声春晚之粼粼夕阳笑。
窈窕歌华兮款款流年美，人间春乐兮尽尽玉壶闹。
菱花对映兮何情可须信，飞红春归之谁叹芳魂销？

夜歌

读“七一勋章”最年长获得者陆元九院士事迹，凭窗夜望北京航天城，近处一片黑夜，远处一片光亮，而仰望则是无穷无尽的星海璀璨。

窗夜许诺黎明，
环顾窗夜，

望不断人世真情；

星夜许配惆怅，
仰望星夜，
流不尽宇海星浪；

尘夜许愿迷惘，
俯瞰尘夜，
看不清珠峰远洋；

心夜许赞翱翔，
静窥心夜，
腾飞射璀璨心光！

情魂

万物皆可为情。情从何而来，既是一个伟大的科学命题，又是一个充满神秘奥妙色彩的人生际遇。

山亭悠悠兮远思悠悠，
绿野柔条兮纤手细黛，
有美一人，
在山在野，
逐月寻星可谁？

水云匆匆兮游思匆匆，

碧空长风兮流霞斜晖，
有美一人，
在水在云，
逐流依潮可谁？

人海茫茫兮相思茫茫，
孤舟惊涛兮乱云残照，
有美一人，
在心在海，
逐海追魂可谁？

飞

爱恋之急切急迫急于求成，莫过于“飞”：飞吻以表情急，飞晕以表色急（红晕），飞魂以表心急。

红日无言兮白月欲语，
悄悄念你，
深深爱你，
腾腾要飞，
我还想送你一个飞吻！

红霞无言兮白云乱语，
稍稍怨你，
漫漫忆你，
忽忽要飞，

我还想染你一个飞晕！

红颜无言兮白首絮语，
遥遥望你，
凄凄待你，
默默要飞，
我还想美你一个飞魂！

藏春

君不见，千人万面桃花相映红，谁人可携千江万水向春流！春来了，春藏了，春藏在风里，藏在花里，藏在云里，藏在水里，藏在野里，藏在心里……

弯弯曲曲之高高险险，
野蹊野谷兮。

深深阔阔之幽幽渺渺，
野渡野泽兮。

红红艳艳之菁菁绿绿，
野花野草兮。

缠缠引引之萦萦绕绕，
野蔓野藤兮。

翩翩飘飘之嘤嘤喊喊，
野蝶野禽兮。

寻寻常常之清清淡淡，
野色野情兮。

嘻嘻漾漾之潇潇洒洒，
野歌野吹兮。

兴兴冲冲之丝丝缕缕，
野游野趣兮。

酥酥润润之放放藏藏，
野雨野春兮！

相思千千结

匆匆别离，
频频回首，
渐行渐远，
相思丝丝结，
别有一番滋味在心头。

悠悠春思，
浓浓乡愁，
花开花落，

相思缕缕结，
别有一番意味在心头。

绵绵秋思，
丝丝闺愁，
月缺月圆，
相思千千结，
别有一番情味在心头。

莽莽野苍，
黯黯天际，
目空望极，
相思心心结，
别有一番况味在心头。

春花秋月何时了

春花秋月何时了？
梨花吹雨，
落花流水，
人生一场梦，
万事转头空。

春花秋月何时了？
诗酒年华，
曲径离觞，

一点书生气，
千里销魂风。

春花秋月何时了？
关关雎鸠，
锵锵凤凰，
无限心头事，
何处说相逢？

晚别

明月有意兮，
卷潮万里拍岸来；
长风无情兮，
送汐一时彩云归。

一江夕阳兮，
万道霞影；
风流云散兮，
长亭短亭！

天涯征帆兮，
远远近近望断肠；
海角余晖兮，
卿卿我我难思量。

故人知交兮，
神游八极，
望尽天涯路，
牵牵携携更上一层楼。

浊酒冰心兮，
情满三江，
梦断星河桥，
潇潇洒洒更尽一杯酒！

青山踏尽

百年沧桑兮，
人生三万六千日，
年年岁岁花月缘，
天上人间，
千种风情，
更想说明年花更红！

百年沧桑兮，
人生三万六千日，
风风雨雨今世缘，
晓岚芳丛，
柳河绿浪，
算青山踏尽人未央！

情归

日月盈昃，
寒来暑往，
人在情途，
情归谁何？

情归何方？
感君缠绵意，
恨不相逢未嫁时！

情归何时？
感时花溅泪，
寻花不问春深浅！

情归何处？
感世人情恶，
雨送黄昏花易落！

情归谁何，
情来情往，
情在心途，
一江春水向情淌！

一生一世

人面桃花，鸳鸯蝴蝶，
一颦一笑一刹那，
一缘一会一时辰。

桃之夭夭，灼灼其华，
一花一草一世界，
一心一意一双人。

晓风残月，相思闲愁，
一觞一咏一深情，
一来一往一瞬间。

窈窕淑女，君子好逑，
一箪一瓢一陋巷，
一生一世一百年。

四季天

不羡鸳鸯不羡仙，
一年三百六十天，
得过且过，
只想今天和明天！

只羡鸳鸯不羡仙，
一晃三千六百天，
如影随形，
只过白天和黑天！

又羡鸳鸯又羡仙，
一生三万六千天，
傲睨天下，
只想春天和秋天！

情物

情为何物兮，
可问春风，
春风得意马蹄疾。

情为何物兮，
可问春雨，
春雨润物细无声。

情为何物兮，
可问春江，
春江潮水连海平。

情为何物兮，
可问春柳，
春柳依依墟里烟。

情为何物兮，
可问春云，
春云淡淡日晖晖。

情为何物兮，
可问春红，
人面桃花相映红。

情为何物兮，
可问春心，
春心莫共花争发。

曾经沧海难为水，
谁来问：情为何物兮？
除却巫山不是云。
谁更问：物何为情兮？

噫嘻，呜呼：
天苍苍野茫茫，
寻情问情问断肠！

情话

情话绵绵，
鸟语花香，
如云如烟，
借晚霞送你三朵云：我想你。

情话甜甜，
鸳鸯蝴蝶，
如风如影，
借春风送你三朵花：我美你！

情话狂狂，
高山流水，
如醉如醒，
借春月送你三颗星：我旺你！

情话哄哄，
山呼海啸，
如雷如涛，
借宇宙送你三声雷：我爱你！

卷八　抖擞春望兮怅惘秋思

抖擞春望

闲倚梦窗兮一弯静静明月，
红尘嚣嚣兮绿野悄悄，
谁是绿野明月人？

追望碧山兮一条细细阡陌，
离恨悠悠兮芳意萧萧，
谁是芳意阡陌魂？

一声声啼莺兮簌簌飞红，
是春莺啼谢春花，
还是春花惊啼春莺？

一片片流云兮盈盈粉泪，
是流云催生盈泪，
还是盈泪哭飞流云？

年年岁岁兮春来春归，
春归春来兮岁岁年年。
春花年年红兮，
抖擞春望，
深深浅浅都是红；
朱颜日日秋兮，
怅惘秋心，
丝丝缕缕全是秋！

春吻

彩蝶轻吻春花，
羞羞答答，
花草萋萋；

蜻蜓点吻春水，
嬉嬉皮皮，
水波漓漓；

白云浮吻春岚，
飘飘扬扬，
岚翠微微；

香风吹吻春阳，
茫茫萌萌，

阳艳迷迷；

垂柳抚吻春莲，
顺顺柔柔，
莲心宜宜；

闪电拥吻春雷，
闪闪鸣鸣，
春吻美美！

夏吻

夜星洒吻夏月，
星星点点，
星眼离离；

溪川逗吻夏云，
急急匆匆，
云心依依；

清蝉鸣吻夏风，
喜喜洋洋，
蝉声叽叽；

玫瑰润吻夏雨，
香香艳艳，

雨情嬉嬉；

舟船漂吻夏湖，
潮潮汐汐，
水心漪漪；

烈阳热吻夏木，
芳芳樾樾，
夏吻怡怡。

秋吻

长桥绕吻秋红，
萦萦绕绕，
吻心绵绵；

短亭触吻秋黄，
飘飘洒洒，
吻心翩翩；

高山仰吻秋蓝，
静静谧谧，
吻心旦旦；

大河潮吻秋白，
翻翻卷卷，

吻心颤颤；

霓虹梦吻秋橙，
圆圆通通，
吻心灿灿；

晚霞飞吻秋彩，
风风骚骚，
秋吻斓斓！

冬吻

白雪戏吻红梅，
娇娇羞羞，
梅心姗姗；

清雪静吻玉兰，
娇娇柔柔，
兰心淡淡；

残雪偶吻山茶，
娇娇艳艳，
茶心恬恬；

飘雪撩吻水仙，
娇娇美美，

仙心闪闪；

云雪飞吻青松，
娇娇嫩嫩，
松心娴娴；

香雪笑吻冬阳，
娇娇媚媚，
冬吻璨璨！

我怕

我怕春风桃花，
她会勾诱我回望，
你那青春脸庞；

我怕夏雨碧野，
她会勾引我回味，
你那晶莹眸光；

我怕秋霜染红，
她会勾逗我回想，
你那斑斓彷徨；

我怕冬雪青松，
她会勾惹我回念，

你那松雪心房。

我怕风霜雨雪，
我怕点点滴滴！

我想

谈情说爱时，什么最好？想入非非最好！本诗各章尝试首字和尾字同字为韵，意图造成一种内在的回环往复之美，同时又以异章异字为韵，意图造成一种外在的顺畅流动之美，美美与共，犹如恋人之心怀。夜半得句，不亦乐乎。

月宫晶莹，
我想追情嫦娥，
驾飞天龙追月；

雪山巍峨，
我想追影山鬼，
驾乘天风追雪；

红尘迷幻，
我想追恋窈窕，
驾驭天骏追红；

蹬路芳菲，
我想追爱陌女，
驾问天心追蹬？

谁何之想

子丑夜深，辗转反侧，可作“谁何”之想？“谁”“何”表问，相同或相通：可事也可情，可物也可人，可时也可因也。

乾坤大化，
任意悠悠，
谁何奇想梦蝶？
碧天浸流兮白水映蓝，
万古斜阳兮谁悲圆月？

沧桑大变，
任情缈缈，
谁何苦想断肠？
朝云红艳兮暮霞绮丽，
千古圆月兮谁哭斜阳？

人生大演，
任心惶惶，
谁何梦想天娟？
潇洒南柯兮婉转黄粱，
飘幻勾牵兮缱绻阑珊？

春航

暮春三月，品茗，阅江，观舟，谈天，不亦乐乎！

春色尽望高丽山，万川奔波扬子江。
楼船几许争江渡，悬虹从来竞天翔。
翠芽漫饮夕阳红，布谷含情鸣牖窗。
碧空云帆可极目，春江花月正天航。

江望

冬天江景，苍茫苍凉苍黄，然而却在孕育勃勃生机，孕育姹紫嫣红。一艘艘远洋海轮鸣笛而过，似乎是在呼唤热情的春天……

苍苍蒹葭寒穗烟，湾湾碧水映昊穹。
纤纤丝萝缘枯木，曲曲溪桥流霞松。
绵绵龙埂踏仙岚，岿岿宝鼎擎天雄。
洋洋远舟追日飞，璨璨水天触目红。
声声笛鸣唤春归，匆匆年华可从容？

长江之舟

南京水游城假日酒店位于夫子庙景区中心地带，阅尽人间繁华。南京长江之舟华邑酒店位于长江北岸与绿水湾南岸之间，酒店呈船状，形似舟行江中，故名曰“长江之舟”。

昨日水游城，阅尽大繁华。
熙熙攘攘人，光光影影霞。
今日长江舟，弥望大江花。
浩浩荡荡水，逍逍遥遥家。
青春江舟远，滩涂种庄稼！

【注释】青春时代，自故乡镇江乘江舟渡江而至黄海滩涂屯垦务农。

返京观云感怀

洋洋漭海水似云，幽幽苍穹云似水。
水波放流九天云，云浪翻涌九瀑水。
水光长映相思云，云色飞渡忘情水。
人生何处可相逢，问天问命问云水！

万彩人生一枝花

——元旦感时（2022）

感慨于时，感慨于花，感慨于时与花！

时啊时：
无踪无迹时啊时，

朝朝夕夕镜中花。

时啊时：
无声无色时啊时，
云云雾雾美人花。

时啊时：
无影无形时啊时，
风风雨雨彼岸花。

时啊时：
无拘无碍时啊时，
依依稀稀枯树花。

时啊时：
无源无流时啊时，
零零落落陌上花。

时啊时：
无旧无新时啊时，
朦朦胧胧满庭花。

时啊时：
无穷无尽时啊时，
万彩人生一枝花！

【注释】万彩人生一枝花：万与一，相为映衬。一枝花，既可理解为一枝花，也可理解为满枝头的花。

元旦感新

——2021

感慨于生命，感慨于新元！

人啊人：

天仙天神人啊人，生而为人唯一回！

缘啊缘：

缘来缘去缘啊缘，一朝一夕又一回。

爱啊爱：

云飞云涌爱啊爱，一元一新再一回。

花啊花：

花开花落花啊花，一生一世采一回。

啊，元旦！

云歌

感慨于流云，感慨于新元，遂歌之：

云啊云：
云神云仙云啊云，一分一秒都是云！

云啊云：
云来云去云啊云，一朝一夕都是云！

云啊云：
云飞云涌云啊云，一元一新都是云！

云啊云：
云变云化云啊云，一生一世一片云！

啊，我的云！

逛梦

茫茫天地小逆旅，如水如云尽人生。
一江西水奔东海，九天北鲲化南鹏。
云卷云舒云无语，潮涨潮落潮有声。
扬帆破浪追星月，威声豪情可驾风。

功名彼岸逛天梦，怎如日日见日升？

清明观影伤怀

顾准，二十世纪著名思想家、经济学家，然而生不逢时，命运多舛，家破人亡，妻离子散，令人唏嘘不已。清明观电影纪录片《大师：顾准》，触景伤怀，心情一时难以平静！

少年成功名，立信大上海。
投笔闹革命，万众惊风采。
希腊寻文明，市场探模楷。
天妒小红颜，人祸大英才。
妻离子散尽，家破谁可埋？
自信天地远，小河通大海！

半春歌

春色灿灿，春光融融，春花芳芳，而春心忧忧，此谓半春也！

半绿半黄柳飞絮，半江半河浪淘沙。
半红半紫樱雨萍，半色半香蝶怜花。
半月半星莺啼梦，半烟半云桃染霞。
半佛半仙叩南无，半醉半醒唤莩葭。
半城半廓演半春，半生半世唱浮华！

母思

蒹葭青青兮思母心惊，心惊蒹葭之慧鸟啼灵。
蒹葭苍苍兮思母情伤，情伤蒹葭之杜鹃凄惶！
蒹葭迷迷兮思母魂离，魂离蒹葭之慈乌夜啼！
君不见：
一叶一花总关情兮萱草生北堂；
一言一语总关心之金菊漫天黄！

忆父

忆父无所忆，唯忆海上帆；
忆父有所忆，父爱万重山。
忆父无所忆，唯忆风雪寒；
忆父有所忆，父爱一瞬间。
忆父无所忆，唯忆江边摊；
忆父有所忆，父爱天地安！

【注释】吾父身材伟岸，双目炯神，虽少言寡语，但古道心肠，善良忠厚。

茶情：贺国际茶日

5月21日为联合国颁布的国际茶日！柴米油盐酱醋茶，茶几乎伴随中国人的一生。特以为贺国际茶日。

金茗春花饮京都，一啜一眸忆江南。
山茗夏风饮寂寞，一品一叹可凭栏。
翠茗秋月饮流霞，一颦一蹙望阑珊。
芽茗冬雪饮梅樱，一歌一弦浸天欢。
香茗醉饮静虚缘，一飘一灵舞翠鬟。
清茗梦饮九如象，一沸一盈漾心澜。
美茗云饮大江潮，一影一波孕天涵。
茶日最忆乡茶情，千杯万盏笑镜坛。

槐花赠郎

盐蒿红啊洋槐香，心心念念好姑娘。
洋槐香啊盐蒿红，念念心心望断肠。
盐蒿红啊洋槐香，槐花树下可彷徨？
洋槐香啊盐蒿红，槐花槐花可赠郎？
洋槐香啊盐蒿红，盐蒿红啊洋槐香……

花月想

云翔水兮水翔云，
花想月兮月想花，
关山明月兮绿野红花，
羞羞答答，
朦朦胧胧，
谁是我的月，
谁是你的花？

水翔云兮云翔水，
月想花兮花想月，
关山红花兮绿野明月，
娇娇滴滴，
迟迟疑疑，
谁是我的花，
谁是你的月？

三叠意中人

在传统诗词或者民歌中，偶有在一句歌诗中三次间隔叠用同一个字的句子，可以简称为“三叠”。而句句三叠，可能是难得一见的，故尝试为之，以醒耳目。

山南山北山花乱，乍风乍雨乍沾巾。

河东河西河萍浅，半烟半柳半腾云。
亭长亭短亭渡远，游心游情游乾坤。
天高天远天仙配，醉歌醉舞醉香魂。
春梦春醒春何归，意来意去意中人？

瓜洲古渡公园半游

风和日丽，与拙荆自京口乘镇扬汽渡到瓜洲，游览瓜洲古渡公园。八十年代，拙荆自京口赴扬州读大学，无数往返京口瓜洲，追思往昔，无限感慨。因瓜洲古渡公园处在维修整治的半开放状态，所以称之为“半游”。

京口瓜洲兮你来我往，青春鼓帆兮镇扬汽渡。
芳菲豆蔻兮韶华流云，一江水月兮几回天悟？
北眺瓜洲兮一一芳甸，南望京口兮万万楼筑。
长流映影兮踏月听潮，锦园银岭兮诗驿逐鹿。
浩浩江水兮十娘沉箱，悠悠岁月兮瓜洲可顾？

阳春三月可歌诗

人生幸快，大约无过于阳春三月与得意门生饮酒品茗聚欢畅叙矣！

京华皇冠说皇冠，依稀同学少年时。
问语云蒸傲翻楚，喜马拉雅任骋驰。

子虚霞蔚骄文宗，万家辞赋尽通释。
更有悬壶润苍生，绛帐唐山传薪师。
但愿人生百遇春，春来春去可歌诗！

红豆美人

小桥流水，
流不光淅淅沥沥天落水；
桃花春风，
吹不断连连续续原野风；
夕阳晚愁，
照不透朝朝暮暮云雾愁；
余晖长影，
拉不近你你我我鸳鸯影；
红豆美人，
想不尽痴痴疑疑相思人？

如果

如果你是风我就是花，
如果你是雪我就是月，
潇潇洒洒，
来一轮，
今生今世的风花雪月。

如果你是风我就是霜，
如果你是云我就是烟，
漂漂亮亮，
来一缕，
梦生梦世的风霜云烟。

如果你是风我就是浪，
如果你是波我就是潮，
轰轰烈烈，
来一场，
美生美世的风浪波潮。

如果你是风我就是光，
如果你是灯我就是网，
朦朦胧胧，
来一张，
幻生幻世的风光灯网。

如果你是风我就是鸟，
如果你是雨我就是燕，
缠缠绵绵，
来一双，
萌生萌世的风鸟雨燕。

卷九　待渡亭晚兮谁人歌远

渡亭待晚

京口瓜洲一水间，江南一侧的待渡亭，含泪折柳相送已成往事，物是人非，唯有夕阳灿烂，京江奔腾。

柳絮，
一丝丝，
一丝丝，
渐飘渐小，
缥缥缈缈，
好像在寻觅什么。

威声，
一声声，
一声声，
渐鸣渐远，
好像在哭泣什么。

烟霭，
一片片，
一片片，
渐聚渐变，
好像在隐藏什么。

云霞，
一朵朵，
一朵朵，
渐散渐尽，
好像在卷舒什么。

京江，
一阵阵，
一阵阵，
渐涨渐落，
好像在逗玩什么。

渡亭，
一天天，
一天天，
渐渡渐晚，
好像在等待什么。

【注释】威声，即拉威声，是长江航运的行业用语，指船舶航行和停泊过程中的鸣笛行为。

谁人歌远

拜访镇江文史名家张大华先生，交谈甚欢，并受赠若干宝书，感慨系之矣。

米山雅居万寿寺，花窗花月花山湾。
天然大理留神韵，氤氲寒桂好盘桓。
一茶一橙一矢篚，随坐随意随兴谈。
万珍万书万江河，动情动怀动心澜。
鞠躬有待捐桑梓，剞劂可望耀穹寰。
笑谈东坡妙高台，谁人歌远颂清禅？

夏鸥感怀

日出东海兮月落西洋，黄昏灿烂之红霞新鲜。
波托马克兮樱花吹雪，呼伦贝尔之青鬃奔原。
自由女神兮炯炯擎炬，青春夏鸥之翩翩飞天。
十年美东兮十年河西，山海招引之魂萦梦牵。
冉冉人生兮匆匆芳华，星海扬帆之笑傲人寰！

送女几多星

据有关新闻报道，王亚平说：如果能够再次上太空，我会对女儿说："妈妈要去太空给你摘星星回来，等着妈妈！"这是她的愿望，我不能食言。

神舟奔苍穹，天航三人行。
白云朵朵嬉，蓝星点点灯。
逍遥天来客，相逢何相迎？
人间心意浓，星海可任情。
愿君常来往，送女几多星！

天鸟之爱

十月朝祭祖回家，两只天鸟在厨房窗台含衔树枝筑巢，两日巢成，三日竟生一枚鸟蛋。雌鸟日夜蹲伏孵化，雄鸟则觅食喂养雌鸟，站岗放哨，继续衔枝加固鸟巢。

寒衣祭祖十月朝，窗台天鸟筑产房。
一枝一条衔天意，一蹦一跳聚鸳鸯。
伏身孵卵夜夜情，振翅圆目日日强。
天地原来宠万物，相亲相爱莫彷徨！

鸽王——人类巨眼

圣诞之夜，耗资108亿美金的美国的詹姆斯·韦伯（鸽王）太空望远镜搭载阿丽亚娜5型火箭成功升空。鸽王太空望远镜，比哈勃望得更远，可以望到第一代天体恒星，可以望到宇宙大爆炸时的蛮荒状态，可以望到生命起源时的星辰大海，遥想鸽王，想象宇宙，慨当浩歌！

鸽王飞天兮巨眼睁远，宇宙原始之爆炸蛮荒。
鸽王惊天兮巨眼睁深，星辰大海之生命萌芒。
鸽王巡天兮巨眼睁极，宇宙尽头之奥爽秘光。
鸽王通天兮巨眼睁高，外星文明之奇辉妙煌。
鸽王引天兮无时无尽，仰迎天源之星海星浪。

霓裳花红

佛教传说，弱水的彼岸花，绯红绚烂的是曼珠沙华，洁白晶莹的是曼陀罗花，千年开落，花开无叶，叶生无花，象征相惜相念而不得相见。

十方三世禅世界，沧桑须臾弹指中。
千年开落彼岸花，一年一岁北固红。
生生世世霓裳曲，卿卿我我爱望空。
有心寻芳芳香灭，无意观花花艳浓。
谁愿千年等一回，彼岸花红为谁红？

恋之热

爱迷心茫兮恋热如水，
撩浪撩花兮一江春水，

奔涌翻滚之任潮任水。

爱疯心狂兮恋热如火，
燎心燎情兮一山野火，
奔突呼啸之任野任火。

爱荡心放兮恋热如风，
缭春缭秋兮一天醉风，
奔驰酣畅之任醉任风。

爱阔心旷兮恋热如云，
蹽神蹽仙兮一空魂云，
奔幻砰磅之任魂任云。

新疆天歌

“明月出天山，苍茫云海间”，以往几乎完全占据了我对西域理解和释读的空间，而我真正得以在新疆无人区遨游时，则是近乎尽情火星游了。遂以宽骚体抒怀记游。

登眺天山兮望乎烽燧，烽燧孤寂之邈邈时岁！
登顾天山兮望乎轮台，轮台杳渺之丝丝榆槐！
登临天山兮望乎楼兰，楼兰窈窕之活活美仙！
登看天山兮望乎峡口，峡口沧桑之熙熙觞酒！
登观天山兮望乎丹霞，丹霞斑斓之茫茫苇葭！
登拜天山兮望乎雅丹，雅丹魔幻之璨璨彩滩！

登越天山兮望乎神湖，神湖呜呜之凄凄音符！
登跨天山兮望乎戈壁，戈壁荒阔之嶙嶙砾石！
登游天山兮望乎沙漠，沙漠浩瀚之幽幽铃驼！
登攀天山兮望乎胡杨，胡杨傲岸之绵绵峦冈！
登瞰天山兮望乎红河，红河奔腾之匆匆飞鹤！
登仰天山兮望乎天池，天池悬碧之瑶瑶仙墀！
登寻天山兮望乎野居，野居茕独之嘻嘻馕趣！
登欢天山兮望乎新娘，新娘窈窕之涟涟沛滂！
登思天山兮思乎人生，人生驹隙之金石琴笙？

火星树

马斯克说：“在有生之年，希望能够在火星建一个城市，要移民100万。”全世界很多人觉得马斯克是疯子，是在胡言乱语。中国古代的家园房前屋后都种有桑树或梓树，我想在火星上种种桑树和梓树，这是来自地球的“故乡”树。

月亮月亮何所有，
月亮有个桂花树！
火星火星何所有，
火星有个故乡树。

如果可能，
我最想：
我自己在火星上种一棵桑树；

如果可能，
我还想：
我儿子在火星上种一棵梓树；

如果可能，
我更想：
我孙女孙子在火星上种两棵地球“故乡树”：
一棵是桑树，
一棵是梓树！

感恩我永远的中国人民大学

中国人民大学，是我永远的大学！岁月倥偬，斗转星移，沧桑笑谈，弹指瞬间，八十五年矣！故以自创骚赋体诗贺之。

君不见，京城之煌煌兮，长衢之悠悠兮，有泱泱鼎鼎寰宇闻名之“双一流”中国人民大学也。

幖徽醒耸兮皓皓旻云，
熠熠燏燏兮山高水长；
黉宫巍峨兮青青子衿，
激激昂昂兮天远地广。
想当初：
陕北公学，丹丹初心；
华北联大，静静岁阴；
共和翘楚，真真星辰；
朝闻夕死，依依知音；

三生有幸，傲啸回春：
京华识韩，人大从教兮衣食父母；
鸡窗启晓，毕生仰望兮潇洒追伍。
至于黉宫人大，鸿儒俊彦，泰斗鸿猷，大师巨匠，存续继绝，彪炳日月，数不胜数！
临一勺池而感阴阳以叹春风骀荡兮，
登世纪馆而怀古今以思夏雨迷茫兮，
逗百家园而观动静以明秋波泱漭兮，
瞻人文楼而醒天地以喜冬雪纷扬兮。
呜呼，往者不可追，来者不可见！
人民人本人文兮唯人为尊，
大局大气大道兮唯大为魂！
实事求是兮母校达训，
明德明志兮无边无垠；
协同创新兮大师名闻，
明源明泉兮无垠无涯；
莘莘学子兮天下人文，
明古明今兮无涯无休；
巍巍宏业兮国民精魂，
明月明日兮无休无终！
吾闻古人有言曰：
微莫微于天下之几，
妙莫妙于天下之神。
言有浅而可以托深，
类有微而可以喻大。
纵心物外，荣华富贵兮刹那芳芬；
放怀情中，功名利禄兮隙驹浮云。

旦兮夕兮而旦旦夕夕兮，
旦夕光阴而不可流也；
日兮月兮而日日月月兮，
日月星光而不可屯也；
年兮岁兮而年年岁岁兮，
年岁漫漶而不可泯也！
乱曰：真人有言，吾生也有涯，而知也无涯。人生天地之间，若白驹过隙，忽然而已。诸君以为然否？
无边无垠兮无垠无涯，
高天叠彩兮泱泱华夏；
无涯无休兮无休无终，
星歌云梦兮耀耀人大！

悠悠情歌

悠悠天山悠悠行，悠悠俪人悠悠情。
悠悠天坛悠悠云，悠悠精灵悠悠魂。
悠悠天河悠悠流，悠悠岁月悠悠羞。
悠悠天地悠悠客，悠悠好唱悠悠歌。

逍遥游天

有感于中国航天人的“干惊天动地事，做隐姓埋名人”的誓言，遂有此作。

绿杨芳歇兮烟雨锁春晚，酒阑歌泣之尽日凭栏望。
桑梓稼穑兮布衣任家国，红尘世外之高士舞叠嶂。
抬头咫尺兮晤天汉神明，举手星斗之逗地煞天罡。
北斗璀璨兮送嫦娥奔月，繁星追梦之樾华夏炎黄。
羲和逐日兮喜祝融探火，天和遨游之舞烟霞穹苍。
日宫月宫兮藐星海一粟，逍遥游天之驾宇风宙浪！

离歌

高峰瀑泉兮澄澄碧江，平野漫芳之萋萋远黛。
君心君情兮水泪水花，离歌一阕之南浦九隘。
落英满地兮烟雨迷空，春色乱生之何必期鼎鼐！
喜怒哀乐兮山海忘情，南北东西之凭谁共天外？

觞春

立夏时节，尽情浮一大白，为春尽春归，为春去春来。

为春干杯，
愿暖暖春情，
引动滚滚春潮，
从九派九流汇聚到九江九河！

为春干杯，
愿洋洋春意，

引生煦煦春风，
从九鼎九州洋溢到九野九霄！

为春干杯，
愿艳艳春花，
引吹馨馨春芳，
从九皋九曲绽放到九春九秋！

为春干杯，
愿款款春心，
引美妙妙春梦，
从九鬼九魂漫化到九仙九神！

【注释】觞春，因春而觞，意思就是为春干杯。

九九新歌

天有九野兮九野何迷茫，九野九仙兮风流衣云裳。

地有九州兮九州何苍黄，九州九妹兮青春欺兜娘。

京有九陌兮九陌何耀煌，九陌九华兮美艳压群芳。

人有九流兮九流何铿锵，九流九春兮神通应未央？

小寰球

小松树绿莹莹，
小月亮亮晶晶，
我在三江望九天，
一颗红心一颗星。

向日葵金艳艳，
红领巾红彤彤，
我攀珠峰望四海，
一片白云一片虹。

小寰球意悠悠，
大中华气昂昂，
谁驾日月观星辰，
一天苍茫一天祥！

秋望

近接韩国有关方面邀约，遥望鸿雁北飞南翔，品味人生有常无常，感慨系之。

鸿约春秋兮北飞南翔，
云随流风兮深情何往？

丛丛杜鹃兮灿灿艳艳，
一声声杜鹃情鸟啼血兮催幻梦高唐；
朵朵芙蓉兮娇娇滴滴，
一双双芙蓉翠鸟鸣欢兮无奈枕黄粱。

寂寞黄昏，
长影婆娑，
流霞斜月兮流云斜阳！
歌风吟月，
几度销魂，
关山迢迢兮可回梦乡？

无想曲

人生驹隙长思想，思金想银何张扬！
人生如梦长思想，思官想爵何辉煌！
人生如戏长思想，思今想古何恓惶！
人生几何长思想，思情想人何迷茫！
请君听我歌无想，云飘水流可追详？

长歌一曲

弱冠倏忽半世游，游尽天涯故乡逢。
相逢犹似不相识，清酒半杯启尘封。

男女从来无言对，争雄玩乐斗鸡疯。
牛棚好关弄潮儿，尤人无可乱如蜂。
归去来兮无所想，长歌一曲红尘梦！

金陵缘聚

秋日金陵缘聚，高朋益友，开说“想象”，慧贤徒生王兵质疑：为什么想的是“象”，而想的不是“猪”，不是“牛”，也不是“马”？妙哉，慧哉！

金陵莫愁兮朱雀梧桐，人生随缘之青山远黛。
徒友聚感兮千重百合，正觉圆融之北往南来。
推心置腹兮诤诤高友，披肝沥胆之荦荦情怀。
今生说象兮谁知马牛，古刹论道之心花可开？
阅江览山兮虎踞龙盘，呼啸风华之九天八垓。

南泠岁月怀望

——母校镇江中学建校130周年感怀

院本南泠兮山依北固，青云黉门之鼓楼崇岗。
皖南屯溪兮沪上外滩，七里西甸之华夏耀光。
漫漫百卅兮芳华代代，莘莘学子之弦歌泱泱。
校史步道兮瞻前顾后，高原高峰之院士长廊。
岁月青葱兮镇中印记，点点滴滴之猫咪禾香。
一副眼镜兮一部词典，一场师生之一世念想。

零零断断兮青青绿绿，学海探源之吹笙鼓簧。
灿灿如星兮明明如月，悠悠岁月之亲亲怀望！

紫峰登高

聚欢紫峰，登高感怀，不亦乐乎！

紫峰登高何可望，夕阳映霞满天红。
江逐东流喜奔波，云随西风好长空。
灯海连天星辰辉，天街尽望紫宇同。
京华追梦鸿鹄远，金陵怀人桂香浓。
江湖灏茫叹渺渺，风雨化得几多虹！

青春无春

钟连（钟永海连长）和童排（童本明排长）邀约于京相聚而因疫未果。今天本明夫妇回镇江，邀原江苏生产建设兵团（先新曹农场，后大中农场）同道知青盛景凤、冷龙珠相聚味雅酒店，说今谈往，不亦乐乎，不亦幸乎！

弱冠懵懂兮半世越江，盐蒿滩涂之天荒地老。
新曹飓风兮大中雷电，赤脚干河之冰冻硬伤。
日月辉辉兮江海滔滔，条田长长之汗土茫茫。
知青有知兮谁知心扉，青春无春之春藏天方。
龙凤本明兮景珠流心，苦尽甘来之乐归故乡。

说今谈往兮一日三秋，味雅依依之古稀洋洋。

别与逢

吾与永海同庚，曾经共事于兵团，配合默契，情同手足。自1974年北上徐州读书，一别四十多年，而今竟在京城重逢，感慨万端，特以歌记之：

知青岁月歌如梦，黄海滩涂乱转蓬。
难兄浑浑难弟悯，孤男昏昏孤女蒙。
扎根兵团吼天云，挖冰干河滚地棚。
芳心无意追天涯，人生何处不相逢？
从此京城古稀乐，天安云祥醉红枫。

长河落日舞天虹

时令已近大雪，江南京口依旧是九秋景红。沿着五彩路，开着小红车，追着大红日，看着一片片红枫、一排排红杉，真乃喜洋洋也。沿溯长江驾车西游，最大的感受是：长河落日！王维的诗句“大漠孤烟直，长河落日圆”，似乎已经达到极致，其实还是一种静态美。而车游追日的感觉，是一种动态美：不仅仅是长河落日圆或长河落日红，而是长河落日舞，落日在巨龙一般的润扬大桥的悬索上左右上下地位移和滑动，所以才有“长河落日舞天虹”的想象：日落长河何所见，但见天龙戏轮飞。

京口九秋一夜红，天鸿一心万里归。
绿柳依依牵秋驻，红枫轻轻送秋回。
群鸥追日满天霞，孤帆随影疏风吹。
日落长河何所见，但见天龙戏轮飞。
崦嵫山外烟岚亭，清宇从容洒星辉。
芳菲红紫通天路，天涯随心可采薇？

十秒之拥

一个女孩，暗暗苦恋着青梅竹马一起长大的一个男孩，整整十年，写了近千封没有发出去的信，而通过相亲舞台表白时却得知男孩早已结婚生子，痛苦无望之际，只求男孩给予其十秒钟的拥抱。

青梅竹马兮两小无猜，欢声笑语之心花映红。
萋萋芳草兮渺渺天涯，一往情深之十载望穹。
昏晓递送兮空江流影，星辰楼台之鹊桥梦虹。
落花随风兮云飞雨散，三千日远之十秒情浓！
鸯鸯游鸳兮凰凰恋凤，旦旦惶惶之人心可同？

【注释】凤凰：雄的称凤，雌的称凰。鸳鸯：雄的称鸳，雌的称鸯。

飘飘

驾日而行，随球而飘。万事万物皆有灵，万事万物都在飘，只是自觉与不自觉而已！

童幼之春兮朦朦胧胧，
昼昼夜夜，
春絮飘飘兮太阳飘飘！

少小之夏兮松松蓬蓬，
潮潮汐汐，
夏云飘飘兮月亮飘飘！

青华之秋兮萌萌雄雄，
梦梦醉醉，
秋叶飘飘兮星星飘飘！

壮实之冬兮热热烘烘，
觉觉醒醒，
冬雪飘飘兮地球飘飘！

老迈时光兮踽踽茕茕，
从今往后，
灵魂飘飘兮宇宙飘飘！

感雾

雾狂霾疯，竟夜竟日，长江渡口停渡，万里长江隐于弥天雾霾，遂感雾而叹之。

一觉醒来三山飞，狂雾疯霾充天穹。

高骊耸天似无影，京江流地疑无踪。
樯桅不知何处去，待渡长车排长龙。
谁知天意留远客，江南西津好从容？

冬至胡杨魂

旅疆讲学，万象匆匆，然而胡杨树却留下了永远不可磨灭的心象。胡杨树三千年：生而不死一千年，死而不倒一千年，倒而不朽一千年。始识胡杨，感于胡杨之魂，遂为之歌。

君记否：
天苍苍，地茫茫，阳烁烁，阴森森；
两千五百万年前，天禽献飞胡杨魂。
生而不死一千年，风沙冰雪绿霄云；
死而不倒一千年，叶尽干枯傲昆仑；
倒而不朽一千年，雪岭冰河笑乾坤。
胡杨悠悠三千年，一寸光阴一寸心！

贺生

美东遥想来汉堡，转眼金陵小薯条。
东方不亮西方亮，大喜大有正破晓。
炯神龙准麒麟骨，大天大地孕高妙。
日丽九天可月染，明烛八垓尽星皎。
祖翁醉望一万年，子子孙孙赛天宝！

俊江南

昨天下午与儿时玩伴志宏兄不期而遇，随即又约董家小琪等晚聚俊江南。席中知友深知宽骚体，引为知己，叹为观止。

时近大雪小阳春，哈哈一笑遇志宏。
通宵玩棋犹可忆，倏忽天涯各西东。
新疆围垦阿克苏，新曹穹望滩涂空。
笑谈宽骚俊江南，纵横壮心飞天虹。
珍酒点滴成欢席，一醉方休好弟兄！

【注释】青年时代，董家小琪下放新疆，我下放新曹（苏北农场）。志宏拿出珍藏数十年的美酒说“无酒不成席”，于是也就喝了个一醉方休。

人参萝卜歌

友人知我喜啖萝卜，特送来两只地产人参萝卜，感慨歌之。

一头老黄牛，干活太阳晒。
无求无所畏，任情随天爱。
食饮不兼味，萝卜或韭菜。
萝卜小人参，韭菜好栽卖。
自家三油面，待客煮锅盖！

【注释】镇江锅盖面是中国十大面条之一。

传递

大疫任感岌岌危，京儿沪女心心牵。
一从帝京寻偏方，更是魔都不等闲。
小小药丸几十颗，颗颗都是救命链。
人生但活一口气，制氧吸氧保康健。
谁说忠孝难双全，一片爱心到天边！

飘云歌

感慨于生命流云，感慨于流云生命，感慨于风流无形而云散无影！

飘啊飘，
不知云何处飘来，
迷迷的眼神，
醉了海棠，
醒了月亮！

飘啊飘，
不知云何时飘走，
眷眷的眼神，
恋过无常，
爱过太阳！

云啊云：
云卷云舒云啊云，
一媚一粲都是云！

云啊云：
云花云锦云啊云，
一颦一笑都是云！

云啊云
云风云影云啊云，
一饮一啄都是云！

云啊云：
玉映霞舞云啊云，
一人一神一片云！
啊，我的云！

滚赢东方白

今观长河落日，卧龙横波，云仙翩翩，浑然一体，令人唏嘘不已。

九华烟云兮依稀星星梦，一江碧涛之可怜日日远。
卧龙横波兮云仙翩翩舞，飞鸥衔浪之山鬼痴痴缠。
腾云驾雾兮日月可逍遥，催虹流霞之光华舞烂漫。
滚滚长江兮滚赢东方白，染染晚霞之染透几春妍？

龙门口除夕感怀

嘻嘻龙传人，哈哈龙门口。
朦胧云仙飞，娇艳龙女羞。
潮浮万里船，汐映三彩楼。
青绿喜峥嵘，虬蟠可尽眸。
辞旧余清晖，迎新斗滔酒。
除夕禁燃放，静好听江流！

回望云龙山

除夕，学长吴敢教授发来于1983年1月20日所作的《雨游金山》，荏荏苒苒，四十载光阴倏忽而过，捧读再三，感怀万千。

蠢蠢万物兮渺渺一粟，滚滚红尘之熠熠星汉。
戏马歌风兮秋声恓惶，云龙寻梦之春色迷漫。
进进出出兮滩涂古彭，颠颠覆覆之文言彼岸。
南来北往兮山高水远，东奔西跑之风流云散。
九曲黄河兮万里长江，云龙三缘之龙门一盼。
宽骚回望兮少年风华，云起云飞兮可喜可赞！

【附录】

雨游金山

慈寿塔顶览江流，风牵愁绪雨淋忧。

皈依莫过金山寺，苏北咫尺广陵秋。

吴敢　1983年1月20日

【注释】荏荏苒苒：不知不觉而悄悄流逝的状态。

散漫金陵春游

钟山龙盘，
紫气曦曦兮满溢万里霞空；
石头虎踞，
碧波漾漾兮辉映九天云宫；
金陵门楼，
阅江登高兮弄潮挹江舞虹；
韩家巷陌，
依依落落兮寂寞飞叶梧桐；
玄武莫愁，
片言只语兮勾引青葱云龙；
龟寿鹤年，
鹤飞鹤舞兮识得几番从容？

卷十　扬帆归航兮同胞情深

望

望我台湾兮，
我的港湾。
望我大陆兮，
我的大途！
望我两岸兮，
我的中华。
你望我兮我望你，
望来望去是一家！

桥

有
一天
我要在

浅浅海峡
架起彩虹桥
一头辉映大陆
另一头辉映宝岛

有
一天
我要在
深深海底
筑通大隧桥
一头通达大陆
另一头通达宝岛

有
一天
我要在
此岸彼岸
开启和统桥
一头心通大陆
另一头通心宝岛

山水恋情

姑娘如水：
从窈窕淑女，
到阿里山的姑娘。

少年如山：
从好逑君子，
到阿里山的少年。

两岸一家，
一家两岸，
此岸彼岸，
你侬我侬：
听了几千年的关关雎鸠，
演了几千年的天仙绝配，
美了几千年的山水恋情！

回家

北京有故宫，
台北有故宫，
两岸都纹刻着炎黄的胎记。

北京有清华，
台北有清华，
两岸都散发着秦汉的文脉。

北京有复兴门，
台北有复兴路，
和统复兴有门有路。

大陆有中山路，
台湾有中山路；
条条都是回家的路！

乡愁

乡愁，
是一片片斑斓红叶，
是一朵朵梦幻云霞；

乡愁，
是一阵阵雨打芭蕉，
是一声声清晨鸡鸣；

乡愁，
是一碗碗阳春汤面，
是一串串冰糖葫芦；

乡愁，是大陆阿里山；
乡愁，是台湾阿里山；
乡愁，是一座座连连绵绵的山！

心连心

此岸彼岸，
同山共水，
浅浅海峡，
巍巍泰山，
山水心连心，
中华一家亲。

此岸彼岸，
同祖共宗，
悠悠岁月，
远远炎黄，
祖宗心连心，
中华一家亲。

此岸彼岸，
同胞共怀，
卿卿我我，
我我卿卿，
胞怀心连心，
中华一家亲。

此岸彼岸，
同根共土，

汉语国语，
文言方言，
言语心连心，
中华一家亲！

望月圆

天风无意吹海月，
年年岁岁望圆缺。
两岸三通休分别，
“一国两制”相共悦。
台澎约和谋统一，
条条大路通京阙。
海月待度关山叠，
团团圆圆和统樾。

金瓯无缺

此岸彼岸，
手挽手，
就是金瓯无憾，
就是台澎马祖。

此岸彼岸，
肩并肩，

就是金瓯无缝，
就是秦皇汉武。

此岸彼岸，
心连心，
就是金瓯无缺，
就是乐国乐土。

你从哪里来

台湾啊台湾，
你从哪里来？
我从南京来，
带来长江水，
带来梧桐的芳香。

台湾啊台湾，
你从哪里来？
我从北京来，
带来长城土，
带来白桦的芳香。

台湾啊台湾，
你从哪里来？
我从嵩山来，
带来少林禅，

带来青松的芳香。

台湾啊台湾，
你从哪里来？
我从泰山来，
带来黄河酒，
带来荷莲的芳香。

台湾啊台湾，
你从大陆来，
怀归大陆路，
中华儿女心连心，
同宗共祖一家亲！

你我之间

佛光山，无限思。
山高白云悠悠飞。
你中有我，
我中有你，
中华一家歌和统：
日月潭暮色苍苍茫茫，
我仿佛看到一行白鹭上青天；
阿里山曙色熹熹微微，
我仿佛听到两个黄鹂鸣翠柳；
鹅銮鼻灯塔闪闪烁烁，

我仿佛走马秋风越关山；
101大厦巍巍耸耸，
我仿佛远眺京华飘红旗。

新嫁娘

让真爱与真爱相遇，
让思念与思念碰撞，
让大陆与台澎厮守，
让两岸一家亲深入骨髓！

我从南京嫁到台北，
嫁给了梦中的橄榄树，
嫁给了垦丁春浪，
嫁给了高雄夏风。

你从台北嫁到南京，
嫁给了心中的秦淮河，
嫁给了紫金秋桐，
嫁给了汤山冬泉。

我嫁了台北，
嫁了春夏，
你嫁了南京，
嫁了秋冬：
春夏秋冬，

我们都嫁给了中华！

盼

我在海峡西，你在海峡东。
百川奔东海，万众盼和统。
千峰朝泰山，一心唯龙宗。
中华一家亲，从此大融通。

缘结中华龙

两岸一家亲，陆台尽和统。
两岸一家人，陆台爱从容。
两岸一家欢，陆台福洪隆。
两岸一家喜，陆台情重浓。
两岸一家心，缘结中华龙！

鸡鸣寺

南京的紫峰，
台北的101，
遥遥相望，
似乎在诉说着什么：
鸡鸣寺的鸡鸣，

苏醒了沉睡的基隆；
秦淮河的桨声，
融入了浪漫的高雄；
日月潭的烟霞，
弥漫了钟山的星空；
太鲁阁的野绿，
鲜嫩了江南的葱茏！
两岸一家同祖同宗，
如影随形如弟如兄！

举盅舞龙

盘古女娲，
我们的祖宗；
神农炎黄，
我们的父兄；
泰山长城，
我们的苍龙；
长江黄河，
我们的酒盅！
中华一心，
海峡两岸，
举起酒盅，
舞起苍龙，
为我们的父兄，
为我们的祖宗！

两岸一家亲

此岸彼岸，
两岸都是龙传人，
遥远东方有条龙，
飞腾宇宙，
吞吐天地，
开一派英雄气象！

此岸彼岸，
两岸都是自己人，
想得家中夜深坐，
肝胆相照，
荣辱与共，
赢一个和衷共济！

此岸彼岸，
两岸都是一家人，
每逢佳节倍思亲，
说尽离愁，
诉尽相思，
悟一透血浓于水！

此岸彼岸，
两岸都是中国人，

少小离家老大回，
同宗同祖，
共运共命，
展一幅复兴宏图！

真

《庄子·渔父》："真者，精诚之至也，不精不诚，不能动人。"海峡两岸，有一个"亲"字，更有一个"真"字，又亲又真，赢得人心，赢取天下。

两岸一家亲，
两岸一家真，
真心真意，
就是杲杲日出，
就是皎皎月明！

两岸一家亲，
两岸一家真，
真情真性，
就是高山流水，
就是金石为开！

两岸一家亲，
两岸一家真，
真理真途，

就是人心所向，
就是和统大道！

盼月圆

东南瀛洲生明月，
西北长城满天星。
小时候，我们在大陆一起数星星；
长大了，我们在宝岛一起看月亮。
数来数去，看来看去：
年年岁岁月相似，
岁岁年年人盼老。
何时彩云归，
何时明月圆？
今年今月单相思，
明年明月双和统。
待到两岸共和时，
我们一起游长城玩高雄，
数星星看月亮！

【注释】瀛洲：台湾在先秦时的古称。

怀

一轮明月，

洒满了万轮思念的夜怀；
一川春潮，
涌动了万川奔腾的情怀；
一世仰望，
攒聚万世炎黄的脉怀；
一统两岸，
彰显万统神州的胸怀！

归

春来春去，
春归人未归；
姹紫嫣红，
万花怒放正可归。

夏来夏去，
夏归人未归；
云蒸霞蔚，
万骏奔鸣正可归。

秋来秋去，
秋归人未归；
铁马秋风，
万叶飘红正可归。

冬来冬去，

冬归人未归，
冰月晶莹，
万家灯火正可归！

扬帆归航

浅浅海峡，
深深思念，
一头是飘零的翠叶，
一头是固茂的根茎，
两岸的殷殷期盼：
同宗共祖，
落叶归根！

浅浅海峡，
深深思念，
一头是漂泊的扁舟，
一头是宏阔的港湾，
两岸的殷殷期望：
同命共运，
扬帆归航！

浅浅海峡，
深深思念，
一头是望穿双眼，
一头是翘首以待，

两岸的和衷共济：
复兴巨轮，
正在起锚鸣笛开航！

附卷　在言意象观照中探寻汉语新诗格律

【提要】本文对汉语现代新诗格律构建的迷惘和症结作了比较充分的分析，明确指出汉语现代新诗格律的找寻和构建的方向，全面阐述汉语现代新诗格律的言意象建模理据，从而完成完善了汉语现代新诗格律的“宽”式创制，为找寻汉语新诗格律、鼓励汉语新诗创作，提供了切实可行而又行之有效的范例！

韩陈其《韩诗三百首》（2018，江苏大学出版社）和《韩陈其诗歌集》（2020，作家出版社）的出版，引起了海内外诗家学者的广泛关注，《汇评韩陈其诗歌诗论》（2022，江苏文艺出版社）一书对韩陈其找寻和构建汉语现代新诗格律，全面阐述汉语现代新诗格律的言意象建模理据，完成完善了汉语现代新诗格律的“宽”式创制，从诗歌理论和诗歌实践两大领域作了全面的评价和推介。

一、汉语现代新诗格律构建的迷惘和症结

中国汉语现代诗，如果以1917年2月《新青年》刊出的胡适的八首白话诗为起点，至今已一百多年了。

这一百多年间，中国汉语现代诗出现了大大小小的若干流派：尝试派、新月派、现代派、九叶派、朦胧诗、中间代、新生代、湖畔派、先锋主义等，这些诗歌流派可以归纳为两大派别：一是毫无格律观念的现代新诗，

二是始终在找寻格律的现代新诗。

大致可以说，各派各代无关宏旨大义，其所赋予的中国现代诗的含义基本是共通的：形式是自由的；内涵是开放的；意象经营重于修辞。因此，毫无格律观念的现代新诗，只会越来越肆无忌惮，越来越迷茫；而始终在找寻格律的新诗，由于找寻方向的偏差和偏误而始终处于在线找寻的状态。

闻一多是中国最早找寻汉语新诗格律的诗人，其新诗格律的“三美”理论是：一是音乐的美，主要指节奏便是格律。二是绘画的美，主要指辞藻必须有秾丽繁密的意象。三是建筑的美，主要指节的匀称和句的均齐。应该说，这种探索对新诗格律的形成和认识有一定的作用，但是因为尚未触及诗歌的本质和汉语、汉字的本质，所以这种对汉语现代诗歌的格律的探索，从闻一多直至21世纪的当今，似乎也未取得什么实质性的进展，其迷惘和症结就在于对诗歌本质以及对汉语和汉字的本质缺乏科学而系统的、正确而全面的认识！

这一百年以来，“形式是自由的”的结果是，新诗在获取“自由”的同时失去了新诗的“形式”，失去了“形式”，其实就失去了“新诗的自我”，或许新诗从来就没有过什么“自我形式”。“意象经营重于修辞”，在普天之下不懂“象”为何物而侈谈“意象”，其结果就是有了“形象就是意象”的根深蒂固，如此而言，还指望新诗怎么经营“意象”？至于所谓“内涵是开放的”，这应该是诗歌的释读问题，而不是诗歌的创作问题，二者是风马牛不相及的。

二、汉语现代新诗格律的找寻和构建

汉语新诗格律找寻和构建的正确途径只有两条：一是正确认识诗歌本质，二是正确认识新诗赖以创作与释读的汉语和汉字的本质。舍此而外，侈谈什么格律，无异于风马牛！

诗是什么，一百个诗人或许有一千个答案。

我们认为：从诗的本质而言，诗是“言”，诗是“意”，诗是“象”，简而言之，诗就是“言—意—象”的聚合体。进而言之，诗是有一定节律的“言”，诗是有一定情感的“意”，诗是有一定范域的“象”；诗是由一定节律的“言”、一定情感的“意”、一定范域的“象”而构成的“言—意—象”的聚合体。

诗是有一定节律的“言”，这是诗之形。这一定节律，其实不仅包含所谓音节节律，而且还包含所谓音韵节律（韵律）、语义节律（义律）、语法节律（语律）。现代诗抛弃了“诗之形”，就是一种自我抛弃，抛弃了无以为形的现代诗本身，难以为“形”，似乎也难以为继。

意象，从何而来，这是一个至今都没有加以深入探讨的大是大非问题。诗歌的创作与释读至少涉及：00初创者的言意象；11诗文本的言意象；22释读者的言意象；33受众者的言意象。四者相互关系图示如下：

	0	1	2	3
	言	意	象	诗
0·言	言言	言意	言象	言诗
1·意	意言	意意	意象	意诗
2·象	象言	象意	象象	象诗
3·诗	诗言	诗意	诗象	诗诗

意象，有两大来源：一是由单组言意象相互关系组合而来：因言生“意”而与“象”外合成“意象”，因象生“意”而与“象”内合成“意象”。二是由多组言意象相互关系组合而来：0011构成初创者和诗文本的言意象；0022构成初创者和释读者的言意象；0033构成诗文本和受众者的言意象；1122构成诗文本和释读者的言意象；1133构成诗文本和受众者的言意象；2233构成释读者和受众者的言意象。

以语学论之，汉语诗歌无论古今，其终端始终都指向语义；语义的理解和实现往往依赖于语境，而意象则是由语境内的一个又一个的视觉类具象、听觉类具象、触觉类具象、嗅觉类具象、味觉类具象、动觉类具象、错觉类具象、联觉类具象等各种具象语义组合配置而形成的。具象语义的组合配置，说到底，就是由各种语义关系构成各种语义关系网络，从而形成所谓的“意象”。“意象”是比较复杂的精神之象，是糅合了自然之象和人工之象的“象”和“意”而在人的大脑里形成的一种心象的曲折影射。大象，中国古人强调其“无形”，其实可能更多的是强调基于想象而产生的无限意义的辐射。

汉语诗歌创作，无论古今，就其本质而言，就是若干个“言”“意”“象”的错综复杂的复合和融合过程，其成功与否，其实就是取决于“言”“意”“象”复合和融合的信度、程度、深度、广度、黏度、密度等等。

中国传统的象思维，既是一种原始思维，又是一种悟性思维——也就是所谓的创造性思维，这是中国古今诗歌创作与释读的锁钥。

我们在和美国著名学者反复切磋研讨之后终于构建了我们首创的基于“万象”的“三象之说”：自然之象、人工之象、精神之象。而精神之象则有印象、意象、大象之由浅入深的和由有形入无形的认知过程和梯度变化。印象—意象—大象（虚象或可以称为空象），是一种由实而虚的呈现梯度变化的精神之象，可以分为印象思维、意象思维、大象无形思维，这就反映了象思维在精神层面的由实而虚的历程。

诗歌创作与释读的过程，就其本质而言，就是象思维的思维过程，就是一种依据观象、取象、立象的顺序而渐次展开的思维过程。因此也可以说，诗歌创作与释读就是一种观“象”思维，就是一种取“象”思维，就是一种携“象”而行的立象思维，“言”“意”一脉，“意”“象”一体，“言”“象”一统，借言释象，以象见意，以意筑象，三象流转，循环往复，以至于无穷。

诗歌，无论古今，其灵魂都在于想“象”，对“象”的“想”，就是一个诗歌创作或释读的过程，也就是象思维的观象、取象、立象的过程。观象，就观而言，是以视觉为主而兼及一切感官的感知问题，解决一个观什么和怎么观的问题；就象而言，是解决象是什么的问题；取象，就取而言，是以观为基础而形成的一个取舍问题，解决一个取什么和怎么取的问题；立象，就立而言，是以象的动词义为基础而产生的想“象”和语义网络。立象之“立”，是象思维的机枢；立象之“象”，是象思维的灵魂。诗歌创作和释读都在于立“象”!

三、汉语现代新诗格律的言意象建模理据

对汉语结构系统和应用系统的理论的认识水平和认识深度，决定了汉语现代新诗格律的建模是否能够真实有效体现汉语新诗格律的发展构建的方向。

汉语结构系统和应用系统，可以认为是一个基于感官互通的言意象系统：“音” + “字”所构成的可感形式的语形，通过“听” + “视”感觉器官而形成语汇，通过“语法” + “语用”的运作系统而折返回创制原始汉语时所基于的语象（有+无）思维体系，从而完成“观象—取象—立象”的语意认知传输。图示如下：

言	语形（音+字）	可感形式
	语汇（听+视）	感觉器官
	语法+语用	运作系统
象	语象（有+无）	思维体系
意	语意（语义）	认知传输

言意象观照中的汉语结构系统和应用系统，是我们认识汉语的阶梯，更是创制汉语新诗格律的言意象建模的基本出发点。

诗歌的言意象的传输和体认，表现为诗歌创作释读的过程，可能往往

体现为一个个言、意、象的传递和体认过程，就是语言符号和一般其他符号（体态符号、场景符号等）在主体（创作者）的自我对话的体认基础上，向主体以外的客体——诗歌释读者，发送语言符号，而引导诗歌释读者对语言符号以及发送语言符号时所关涉到的其他一切符号，予以个体的解读和自我的体认。诗歌释读的和谐协调在很大程度和范围上可能取决于“言”“意”“象”复合和融合的程度和深度、广度。

诗歌言意象创作与传输的复杂性，一是可能在于人和人不尽相同的认知的复杂性，二是可能在于言意象之间的关系的复杂性，三是可能在于人与言意象传输渠道和体认过程的复杂性。

诗歌言意象创作与传输的程序性，就其本质而言，就是若干个“言意象”过程的复合和融合：一是创作者的“言意象”的体认；二是受众个体的“言意象”体认；三是受众共体的“言意象”体认；四是创作者的“言意象”的体认与受众个体的“言意象”体认的沟通和转换。创作与释读的成功与否，其实就取决于创作者与受众之间以及受众与受众之间“言”“意”“象”复合和融合的程度和广度。

四、汉语现代新诗格律的“宽”式创制

象，既是汉语之魂，又是汉字之魂，更是古今诗歌之魂。因此，在言意象的观照中探寻创制汉语新诗格律，则是一种水到渠成的自然而然的事情。

汉语诗歌的两大要素：句式及其节律，音乐及其韵律。无论是古代的格律诗歌，还是现代的白话新诗，都应该是题中应有之义。

原始汉语的两言诗歌“断竹，续竹，飞土，逐肉”，发展到周商春秋时代，还有形式的继承，如《周易》引用的古歌：“屯如，邅如。乘马班如。匪寇，婚媾。”至于到了《诗经》时代，汉语诗歌的形式机制已经成熟，比如《诗经·邶风》：“式微，式微，胡不归？微君之故，胡为乎中露？式微，式微，胡不归？微君之躬，胡为乎泥中？”大概可以毫不夸张地说，这首

《式微》几乎涵容了中国诗歌的一切主要元素，既可以溯古，有两言、三言句，也有四言、五言句；还可以推今，后世的七言句甚至长短句以至于九言句都可以由此而来。

引导中国诗歌的发展道路和前进方向，既要适当继承传统诗律，又要控制漫无边际的全无规则的放肆，所以我主张比较“宽”容的诗律。

传统诗词，作为一个伟大时代的文化符号将永远熠熠闪耀光芒，而《唐诗三百首》《宋词三百首》则是这个熠熠闪耀的文化符号的伟大象征。然而，随着入声的消失以及其他的语音变化，汉语语音的基本格局发生了重大改变，传统诗词的格律要求便失去了赖以存在的客观而现实的语音土壤。正视语音变化，重新认识汉语的结构系统和应用系统，重新创制汉语诗歌的语言规制，重新创制汉语诗歌的形式格律，这是现代诗歌得以发展的康庄大道。

经过整整半个世纪的深入探索、研讨发掘和具体的汉语诗歌原创，本人创制了以“象”为汉语诗歌灵魂的汉语诗歌新格律，比较成熟而全面地认识中国现代诗歌的形律、句律、视律、听律、象律：其一，长短形态元素和整体形态元素，构成汉语诗歌整体的基本形式框架，可以称之为汉语诗歌的形式格律，简称为“汉语诗歌形律”。其二，句式节奏元素和句式关联元素，构成汉语诗歌句式的基本形式，可以称之为汉语诗歌的句式格律，简称为“汉语诗歌句律”。其三，视觉愉悦元素，从视觉方面对汉语诗歌的创吟进行调整和释读，从而形成汉语诗歌的视律。其四，听觉感知元素，从听觉方面对汉语诗歌的创吟尤其是韵位的选择与韵脚的感知进行调整和释读，从而形成汉语诗歌的听律（听律涵容：声律、韵律、调律、字律）。其五，心觉万象元素，从心理感受方面对汉语诗歌的“万象”进行调整布局和认知释读，从而形成汉语诗歌的象律。

中国现代汉语诗歌新格律，在对形律、句律、视律、听律、象律有了一个总体认识之后，应该走一个宽大为怀的涵容道路，依次顺势而为提出创制一个宽式的格律机制：汉语诗歌齐正律，汉语诗歌宽骚律，汉语诗歌宽韵律，汉语诗歌宽对律，汉语诗歌宽异律。

其一，汉语新诗齐正体

汉语诗歌齐正体、方正体，即汉语诗歌齐正律、汉语诗歌方正律，这是汉语新诗歌的基础形式格律。汉语最早的诗歌是两言诗（即：断竹，续竹，飞土，逐肉。），后来是四言诗、六言诗、五言诗、七言诗。汉语诗歌的齐正律或者说是方正律，是由汉语语音结构、语言结构尤其是汉字的齐正方正的特点决定的。

其二，汉语新诗宽骚体

宽骚体，即汉语诗歌宽骚体，也可以说成汉语诗歌宽骚律，这是汉语新诗歌的形式格律。

就汉语诗歌而言，其长度在理论上应该可以是无限的，而其宽度往往是有限的，《诗经》的四言，楚辞的六言，律绝的五言七言，仅此而已。韩诗宽骚体，一般为九言诗，最长为十四言诗，算是对汉语诗歌宽度的一种创吟极限的尝试。例如《宽骚体·新疆天歌》："登眺天山兮望乎烽燧，烽燧孤寂之邈邈时岁！登顾天山兮望乎轮台，轮台杳渺之丝丝榆槐！"

其三，汉语新诗宽韵体

宽韵体，即汉语诗歌宽韵体，也可以说成汉语诗歌宽韵律，这是汉语新诗歌的形式格律。宽大为韵的出发点，是强调与齐正性、方正性相适应的或者说相为呼应的中文诗歌的韵律性。所谓韵律性，不是指平仄的调度（因为入声消失而显得毫无意义），而是指韵脚的选位与选择以及诉诸唇吻齿牙喉舌的语音谐和感。

汉语新诗的韵律性，既坚持双句押平声韵，韵的选择与确定以韩陈其《现代诗韵与平水诗韵对照表》（韩陈其《中国古汉语学》第913—939页，台湾新文丰出版社1995）为准；又体现鼓励押韵的宽大为怀的风格，在齐正性和韵律性的基础上，对韵位和韵脚的安排也做出了种种选择和尝试。比如：既可押同部平声韵，又可押相邻相近的在韵感上比较吻合的异部平声韵；既可押同部平声韵，又可分别押同部的上声韵、去声韵，也可阴阳上去四声通押；既可一韵到底，也可任意换韵；既可异字为韵，也可同字为韵；既可双句为韵，也可单句为韵。宽韵体对韵位和韵脚的安排做出了前所未有的崭新尝试，比如“如如体”所创平声同字韵而一韵到底，同字韵四度交替换韵；又比如“骚赋体”所创既有单双句交互押韵，又有单句押韵，双句语义连环接力递送，构成韵律和意律双向而行的特殊诗语。

其四，汉语新诗宽对体

宽对体，即汉语诗歌宽对体，也可以说成汉语诗歌宽对律，这是汉语新诗歌的形式格律。字数相等、结构一致、词性相同、语义相关的两两对称的语言形式，因适用对象的差异而形成相关而不相同的表述，如：对偶可以用在散文“先天下之忧而忧，后天下之乐而乐”（范仲淹《岳阳楼记》）；对联可以用在楹联“度比江河细流兼纳，气如春夏群物发生”（江苏佛学院校门）；对仗用在诗歌“云飘白下春阑珊，霞飞朱方秋缠绵”（《韩诗三百首·北固楼上望神州》）。日本弘法大师《文镜秘府论》有二十九种对。第二十九种对为总不对对。以不对为对，也就是一种宽对体。

所谓汉语诗歌宽对体或汉语诗歌宽对律，集散文、楹联、诗歌之大成，创制宽对，不拘调格，不拘韵格，不拘声格，不拘义格，而主要倾心关注并且追求“象”格，即诗句中各“象”所显示的层次性、协调性、关联性、想象性。

其五，汉语新诗宽异体

宽异体，即汉语诗歌宽异体，也可以说成汉语诗歌宽异律，这是汉语诗歌的新的形式格律。

在规制汉语新诗的齐正律、方正律的基础形式格律的前提下，提倡比较灵活的宽泛的不拘一格的汉语新诗的异体各异表现形式，便是宽异体。韩陈其《韩诗三百首》有一卷是《异卷》，自创各色各异的汉语新诗，始于《折扇体·扇之秋》而止于《如如体·如旦歌》：既有诗形之异，如扇形之《秋》，也有诗韵之异，如《无韵座右铭》《如韵诗》。既有小巧玲珑而不拘一格的《鸟和花的对话》，也有洋洋洒洒而铺天盖地的《往歌》。既有直接吟象而诗的《挂怀》，也有借赋而诗的《入泮知命》。略举数例以见一斑：

1. 折扇体·扇之秋

秋
枫红
彩蝶翔
淡云熏风
婵娟霓云裳
参差烟花社鼓
大江奔涌入心窗
抚今怀古北固怅望
吴女尚香万里祭情殇
水漫金山白娘访仙梦乡
登高携手更上五峰岗
品茗赏花行酒问月
敢信嫦娥笑吴刚
天街欢声笑语
彩霞飞九江
长河落日
金桂香
清风
秋

2. 挂怀体·挂怀

挂怀是情
挂怀是思
挂怀是剪不断的情
挂怀是说不尽的思

挂怀是河
挂怀是海
挂怀是流不尽的河
挂怀是想不够的海

挂怀是你
挂怀是她
挂怀是心田里的你
挂怀是脑海中的她

挂怀是日
挂怀是月
挂怀是一轮依山而尽的白日
挂怀是一弯破窗而入的明月

3. 对话体·鸟和花的对话

夜半未眠，翻阅白日一花一鸟的两张照片，似有所悟，遂有鸟花对话，以博一笑而已。

鸟：

我是一只鸟，

在树的顶梢高高地热烈眺望，
不知为什么眺望？

花：
我是一朵花，
在桥的河岸默默地寂寞开放，
不知为什么开放？

由上可知，宽异体新诗，看起来各色各异，但是其形式外延、意义内涵都有一种明显的规律性的倾向可以找寻。可以认为，汉语现代新诗格律的“宽”式创制，为找寻汉语新诗格律、鼓励汉语新诗创作，提供了切实可行而又行之有效的范例！

2022-12-17首尔